반복의 존재

KB019930

이상은 소설집

차례

다이렉트

[혹시 여기 어디인지 알 수 있을까요?]

[홍대에 '섬'이라는 곳이에요]

[감사합니다. 그런데 아직 안 주무시네요. 뭐 하세요?]

태정과의 첫 DM이었다. 지금 주혜는 태정과 '섬'에 함께 앉아있다. 윤태정. 나이는 주혜보다 두 살 어린 27살. 학생이고 현재 방학 중이며 다가오는 학기를 마치면 졸업한다. 취미는 음악 감상과 영화 감상. 책은 자주는 아니지만, 이따금 읽는.

태정의 피드에는 미셸 공드리의 〈이터널 선샤인〉 스틸 컷이 있었고, Cigarette after sex의 노래가 흘러나오는 동영상, 한참 아래에는 하루키의 〈노르웨이

숲〉을 카페 테이블에 엎어놓은 사진이 있었다. 사진
오른쪽 귀퉁이엔 태정이 그날 입었을 청바지와 아
이보리 컨버스도 살짝 보였다. 태정은 전체적으로
주혜의 취향과 흡사한 부분이 많았다. 미셸 공드리
를 좋아하고, 지금은 아니지만 Cigarette after sex의
음악을 달고 살았던 때도 있었으며, 책을 읽기 시작
한 20대 초반에 많이 읽었던 하루키까지. 게다가 태
정은 외모까지도 주혜의 취향이었다. 적당히 탄 피
부에 짧은 머리, 잘 정리된 눈썹, 부담스럽지 않은
패션 스타일까지.

　오랜만에 원피스를 입었다. 입는 날에 꼭 한 번은
'오늘 좀 이쁘다?'는 소리를 듣게 되는 원피스. 혹시
나 유난스러워 보일까 싶어 화장은 연하게. 아무럼,
오늘도 옆자리 후배 하나가 말했다. "언니 오늘 어
디 가죠?" 주혜는 대답을 웃음으로 때웠다. 하나는
주혜의 웃음을 보곤 "뭐야 수상해. 남자 만나러 가
는구나"라고 말했다. 주혜는 또 한 번 머쓱하게 웃
었다.

"진짜로? 진짜 남자 만나러 가요?"
"응 오늘 처음 보는 거라 좀 긴장되네"
"소개받았어요?"
"아니 그게 어… 인스타그램으로…"

하나는 바로 "대박"이라고 말했다. 주혜는 세 번째 머쓱한 웃음을 지었다. "그런데 요즘 다 그렇게 만나잖아요. 근데 나는 언니가 그럴 줄은 몰랐네." 맞는 말이었다. 주혜도 자신이 그럴 줄은 몰랐다. 온라인에서 오프라인으로 관계를 변환하는 건 영화 〈접속〉에서만 가능한 일이라고 생각했었으니까. 하지만 태정의 사진이 업데이트되고, 메시지를 주고받을 때마다 태정을 만나보고 싶다는 마음이 점점 커졌다.

요즘 다 그렇게 만난다는 말도 맞는 말이었다. 얼마 전 지수에게서 전해 들었다. "주혜야 그거 알아? 나연이 새 남자친구 인스타그램으로 만난 거래. 근데 요즘엔 그걸로 엄청 많이 만난다더라. 거의 틴더가 따로 없대." 그 얘기를 처음 들었을 땐 주혜도 하나처럼 말했다. "대박" 지수는 인스타그램으로 시작되는 만남의 과정도 설명해줬다. 상대방의 게시물에 '좋아요'를 누르고 상대방에게도 '좋아요'가 와서 맞팔 사이가 되는 게 1단계. 인스타 스토리에 반응을 보내거나 DM을 보내서 이야기를 조금씩 하다가 언제 한번 보자는 말을 꺼내는 게 2단계. 만나서 데이트를 하고 번호를 교환한 뒤 연인이 되는 게 마지막 3단계. 그걸 듣고 나서도 주혜는 그렇게 말했다. "대박" 그런데 그 대박이 주혜에게도 일어났다.

심지어 마지막 3단계까지.

"〈이터널 선샤인〉 좋아하시면… 미셸 공드리 거
좋아하세요?"
"어 들어봤는데. 뭐 만든 감독이에요?"

주혜의 질문에는 약간의 오류가 있었다. 미셸 공드
리 거 '다른 작품도' 좋아하세요? 라고 물어봤어야
했는데, 비슷한 스타일의 감독인 것처럼 말해버렸
다. 태정은 〈이터널 선샤인〉의 감독이 미셸 공드리
인 것을 모르는 듯했다. 질문을 다시 정정하며 주혜
가 봤던 미셸 공드리 영화를 읊었다. 〈수면의 과학
〉, 〈무드 인디고〉, 〈도쿄!〉, 〈마이크롭 앤 가솔린〉까
지. 태정은 〈수면의 과학〉을 본 것 같기도 하다며 핸
드폰으로 검색을 했다. "아- 이거 초반 보다가 껐어
요. 〈이터널 선샤인〉도 이 사람이 만들었구나. 제가
감독까진 잘 몰라서." 주혜는 〈이터널 선샤인〉도 좋
았지만, 〈수면의 과학〉을 제일 좋아한다고 말했다.
"그렇다면 저도 봐야겠네요." 태정의 대답에 주혜는
눈까지 웃어버렸다.

둘은 와인을 한 잔 더 시켰다. 태정이 잠깐 화장실
에 다녀오는 사이 주혜는 하나에게 메시지를 보냈
다. [잘 돼가는 것 같아] 퇴근을 하고 내려가는 엘리

베이터에서 하나가 신신당부를 했다. "언니 꼭 후기 알려줘야 해요. 남자분 화장실 가시면 나한테 연락 남겨놔야 해요" 아니나 다를까 하나는 메시지를 바로 읽었다. 그리곤 또 그 말을 했다. [대박] 이번엔 앞에 '헐'까지 붙여서. [헐 대박] 주혜는 자리로 돌아오는 태정을 초롱초롱한 눈빛으로 쳐다봤다. 아쉽지만 슬슬 일어나야 할 시간이 다가왔다. 오늘이 금요일이었다면 조금 더 오래 있을 수 있었겠지만, 오늘은 수요일이었다. 계산은 어떻게 해야 되는 걸까. 주혜는 새로운 사람이 굉장히 오랜만이었고, 심지어 일로 만난 게 아닌 사람과의 첫 만남에서 계산을 어떻게 해야 하는지 감이 잡히질 않았다. 한 명이 결제하고 다른 한 명이 이체하는 건 친구나 동료들 사이에서 가능한 일이었다. 처음 만난 사이에 계좌 번호를 알려 달라고 하는 건 아무래도 분위기를 깨는 행동이니까. 주혜는 우선 왼손에 지갑을 들고 있었다. 여차하면 반씩 결제해 달라고 말할 수도 있으니까.

카운터에 다다랐다. 태정이 카운터를 그냥 지나쳤다. 태정은 뒤에서 약간 얼타고 있는 주혜를 보며 말했다.

"계산했어요"

태정은 주혜가 화장실을 다녀온 사이에 결제를 했다. "다음엔 제가 살게요." 주혜가 말했다. "당연히 그러셔야죠." 태정이 대답했다. 둘은 함께 웃었다. 태정은 주혜에게 번호를 물어봤다. 3단계가 거의 완성되고 있었다.

점심을 먹으면서 주혜는 하나에게 태정과의 시간을 얘기했다. 하나의 질문은 마인드맵처럼 뻗어갔다. 사는 곳은 어딘지, 몇 살인지, 무슨 일을 하는지, 목소리는 어땠는지, 옷은 어떻게 입었는지, 손톱은 짧았는지까지. 주혜는 차근차근 대답해주었다. 수원, 27살, 대학생, 중저음, 검정 티셔츠에 청바지, 손톱 짧음. 하나는 물개박수를 치며 '연하남'이라는 단어를 연신 외쳤다. 민망함에 그만하라고 하나를 말렸다. 하나는 태정의 인스타를 보여달라고 졸랐다. 주혜는 태정의 인스타를 보여줬다. 하나는 스크롤을 내리며 "감성 있네"라고 말했다. 그때 태정에게서 메시지가 왔다. [잘 잤어요? 저 이제 일어났어요] 하나가 토끼 눈을 떴다. 주혜는 하나에게서 핸드폰을 빼앗아 답장했다. [네 저 출근해서 점심 먹고 있어요. 밥 드셔야겠네요] 태정은 본인이 먹고 있는 볶음밥을 사진 찍어 보냈다. 오후엔 짧게 통화도 했다. 주혜가 역에 내려서 집까지 걸어가는 7분 동안. 태정이 잠깐 담배를 피우는 5분 동안.

이번 만남은 금요일로 잡았다. 장소는 주혜의 회사 근처인 망원동. 태정이 4시 반쯤에 출발했다고 메시지를 보냈다. 처음에는 왜 이렇게 일찍 출발하나 했는데 생각해보니 수원이면 그쯤 출발해야 여유 있게 도착할 수 있는 시간이었다. 주혜는 아직 사귀는 사이가 아닌 데 이렇게 멀리 자신을 보러 온다는 사실에 약간의 미안함이 들었다. 그리고 무엇보다 연애를 시작한다면 정말 계속 이래야 한다는 게 걱정이었다. 그렇지만 하나는 태정이 먼 길을 오는 것에 대해서도 손바닥을 팡팡 마주치며 좋겠다고 했다. 주혜는 마냥 좋을 순 없는 일이라고 생각했는데, 회사 앞에 서 있는 태정을 보니 그저 좋기만 했다. 둘은 팔짱도 안 끼고 손도 잡지 않은 상태로 가까이 걸었다. 뭐 하다 왔냐고 물으니 〈수면의 과학〉을 보다 왔다고 했다. 이번에도 보다가 잠들었다는 말에 동시에 서로를 보고 웃었다.

간단히 칵테일을 마시러 바에 갔다. 주혜는 혹시나 이번에도 태정이 계산을 할까 봐 태정이 화장실에 갔을 때 미리 계산했다. 점점 취기가 올랐다. 태정이 테이블에 올린 주혜의 손을 살짝 만졌다. 주혜는 손바닥을 위로 향하게 해서 태정의 손을 잡았다. 태정은 주혜가 잡은 것보다 더욱 꽉 잡으며 말했다. "누나 나랑 만나는 거 어때요." 주혜가 대답했다. "이미 만나고 있잖아." 태정이 웃었다. 그리고 입을 맞췄다.

  한강을 산책하기로 한 계획은 암묵적으로 취소됐다. 택시는 주혜의 집으로 향했다. 누가 뭐라 할 것도 없이 둘은 급하게 키스하고 옷을 벗었다. 취기가 오른 와중에도 인스타그램으로 보던 사람과 섹스를 하고 있다는 사실이 믿기지 않았다. 그렇지만 주혜는 정말로 태정과 섹스를 하고 있었다. 섹스를 끝내고 알몸으로 누웠다. 태정이 주혜의 머리를 쓸어 넘기며 말했다.

  "솔직히 말해봐. 집에 온 남자 내가 처음 아니지?"

  주혜가 소리 내서 웃었다. 어떻게 남자들은 꼭 섹스가 끝나면 이런 걸 물어볼까. 태정은 계속 주혜의 옆구리를 찌르며 "내가 처음 아니지, 아니구나, 3번째? 4번째?"라고 말했다. 뭘 그런 걸 묻냐며 태정의 볼에 뽀뽀를 했다. 하지만 태정의 표정은 영 시원치 않았다. 주혜는 마음속으로 정말로 집에 왔던 남자가 몇 명이었는지 세어봤다. 총 6명이었다. 태정은 7번째 남자였다. 태정은 인스타그램을 켜서 함께 팔로우하는 사람을 확인해보자고 했다. 태정과 주혜

다이렉트

가 겹치는 팔로워는 총 23명이었다. 태어난 곳, 사는 곳, 다닌 학교, 직장을 모두 이야기해도 접점이 없던 둘이 23명이나 같이 팔로우하고 있었다.

태정은 리스트를 쭉 보며 남자로 추정되는 아이디를 클릭했다. 그리곤 어떻게 팔로우하게 됐는지, 누가 먼저 팔로우했는지, DM을 주고받은 적이 있는지 물었다. 주혜는 벙찐 상태로 태정에게 되물었다. "그걸 다 어떻게 기억해?" 태정은 그러면 DM을 한 남자가 있었냐고 물었다. 곰곰이 생각해봤다. 주혜가 갔던 음식점이나 읽고 있는 책을 올렸을 때 정보를 물어보는 DM을 받은 적은 있었다. 태정은 아이디를 묻더니 그 남자의 피드를 본 후 팔로우를 끊으면 안 되냐고 물었다. 주혜가 소리 내어 웃었다. "왜 신경 쓰여?" 태정이 고개를 끄덕이며 주혜의 허리를 끌어안았다.

*

"사귀기로 했어." 하나에게 말했다. 하나는 손을 입으로 틀어막으며 풀스토리를 들려달라고 했다. 얘기를 다 듣고는 하나가 더 수줍어하며 "언니 이제 금요일마다 바쁘겠네요"라고 놀렸다. "아마도?"라고 주혜가 받아쳤다. 다시 또 금요일이 됐다. 이번엔 회사 근처에서 라멘을 먹고 주혜네 집으로 가서 영화를 보며 맥주를 마시기로 했다. 태정은 태어나서 두 번째 라멘이라고 했다. 별로 안 좋아하냐고 물으니 그런 건 아니고 자주 먹는 음식이 아니라고 했다. 그래도 늘 맛있게 먹었던 곳이라 괜찮을 거라고 말했다. 다행히 입에 잘 맞는지 태정은 공깃밥도 추가했다. 잘 먹는 태정을 보니 기분이 뿌듯했다. 태정이 계산서를 들고 카운터로 갔다. 그리곤 짧은 간격으로 계산대 직원과 주혜를 번갈아 가며 쳐다봤다.

"누나 내가 지갑을 놓고 와서…"
"아, 내가 살게"

9천 원 라멘 2개, 6천 원 교자 1개, 1천 원 공깃밥 1개. 총 2만 5천 원이 결제됐다. 지하철역으로 들어갔다. 태정이 주머니에서 카드 한 장을 꺼내 개찰구를 통과했다. '교통카드만 되는 건가? 태정의 카드가 아닌가?' 주혜의 머릿속엔 몇 가지 의문들이 떠올랐다. 그렇지만 묻기는 어려운 것들이었다. 편의점에 들러서는 맥주와 과자를 샀다. 12,400원이 결제됐다. 태정은 자기가 들겠다며 봉지를 들었다. '근데 지갑을 놓고 온 걸 지하철에서 알지 않았을까? 그런데 왜 라멘집에서 공깃밥을 시켰을까? 내가 돈을 쓸 걸 알았을 텐데 메뉴를 왜 더 시켰을까?' 주혜는 태정의 태도가 묘하게 거슬렸다. 맥주를 마시며 넷플릭스를 켰다. 무슨 영화를 볼지 고르다 〈수면의 과학〉을 보기로 했다. 영화가 시작된 지 한 15분쯤 지났을까 태정의 손이 옷 속으로 들어왔다. 영화는 배경음악이 됐고, 둘은 두 번째 섹스를 했다. 영화를 다시 처음부터 재생시켰다. 다 보고 나니 태정은 연신 너무 좋다고 말했다. 〈이터널 선샤인〉보다 이게 더 좋다며 인스타 스토리에 〈수면의 과학〉이미지를 올렸다.

또 볼 게 있을까 싶어 넷플릭스 홈에서 '영화' 카테고리를 들어갔다. 태정은 자신이 첫 달 무료이용권을 사용했을 당시엔 이렇게 볼 게 많지 않았다며 볼멘소리를 냈다.

"누나 근데 넷플릭스 혼자 써?"

주혜는 넷플릭스를 혼자 쓰고 있었다. 대답을 듣고 태정은 바로 넷플릭스 이용료를 검색했다. "아 베이직은 한 명만 되는구나." 태정이 혼잣말을 했다. 주혜도 검색했다. 베이직 다음은 스탠다드였다. 12,000원. 동시 접속 가능 인원 2명. 태정은 아무 말 없이 골똘히 주혜를 바라봤다. "스탠다드 같이 쓰는 거 어때?" 주혜는 마다할 이유가 없었다. 이용료는

3천 원이 더 저렴해지는데 HD 화질까지 지원된다니. 그렇지만 무엇보다 태정의 제안을 수락했던 건 둘의 관계를 한 단계 더 결속시키는 느낌이 들어서였다. 우선 주혜가 결제하고, 태정이 매달 1일에 6천 원씩 이체하기로 했다. 주혜는 태정에게 아이디와 비밀번호를 보냈고, 태정은 넷플릭스 어플을 다운받았다.

*

 전 직장에서 친하게 지냈던 윤진 언니의 결혼식이 다음 주였다. 얘기를 들어보니 직원들이 거의 그대로라고 했다. 즉, 그 말은 결혼식에 가면 전 직장 사람들을 모두 마주칠 거라는 의미였다. 매일 주혜의 의상을 칭찬의 말투로 지적을 하던 사수와 회식 때마다 "주혜 씨도 꺾였어. 얼른 시집가서 자식 봐야지"라고 말하는 팀장이 있었다. 물론 반갑지 않은 사람들이다. 하지만 윤진 언니의 결혼식에 안 갈 순 없었다. 그러니 최대한 좋은 컨디션으로, 잘 차려입고 가기로 마음을 먹었다.

 태정과 그날 입을 만한 옷을 사러 갔다. 원피스를 우선순위로 생각하고, 셔츠를 차선으로 생각했다. 태정은 가고 싶지도 않은 자리인데 왜 옷을 사기까지 하냐고 물었다. 거울에 비친 태정의 표정은 정말 이해가 안 간다는 표정이었다. 가고 싶지 않은 자리지만 가야 하는 자리니까 갈 거고, 가면 전 직장 사람들을 만날 테니 괜찮은 모습을 보여주고 싶다고 했다. 그래도 태정은 이해하지 못했다. 더 설명해야 하나 싶었지만, 옷부터 고르기로 했다. 마땅한 원피스가 없어 그중 무난하지만 소재가 좋은 셔츠를 골라 피팅을 했다. 걸려있던 것보다 입으니 더 태가 났다. 셔츠로 정했다.

"나는 셔츠 하나도 없는데"
"하나도?"

결제하는 동안 태정이 말했다. "그러면 결혼식 갈 땐 뭐 입고 가?" "그냥 지금처럼." 태정은 지금 맨투맨에 청바지, 그리고 컨버스를 신고 있었다. 맨투맨 뒷면에는 영어 프린팅이 있었고, 청바지는 밑단이 닳아 있었으며, 운동화는 얼룩이 여기저기 묻어 있었다. 주혜는 놀라서 무슨 소리냐고 되물었다. 태정은 '이게 왜?'라는 눈빛으로 자신의 옷을 내려다 봤다. 그 눈빛은 얕은 경험에서 온 무지함으로만 설명될 건 아니었다. 상황에 대해서 객관적으로 인식하고 판단하는 사고가 결여 된 사람의 눈빛이었다. "결혼식에 누가 이렇게 입고 가" 주혜가 말했다.

"그런가? 근데 내 주변엔 결혼한 사람 없어서 딱히 간 적 없어." 태정이 말했다. "주변에 결혼한 사람이 없어서 셔츠가 없다고? 그러면 친척 중에도 없어?" 태정에게 물었다. "아, 친척 형 있다. 근데 그때도 그냥 티셔츠에 검정 바지 입고 갔어. 나는 편한 게 좋아서. 이런 일 있다고 굳이 새 옷을 사진 않지"

'이런 일'과 '굳이'라는 말을 발음할 때 표정은 어딘가 우쭐해있었다. 허례허식에 신경 쓰지 않는 사람이라는 것을 강조하고 싶어 보였다. 주혜는 태정이 자신보다 어린 사람이라는 걸 잠깐 잊었다. 졸업도, 사회생활도 안 한. 아직 어리니까 그런 거로 생각하려 했지만 군대도 다녀온 거 아닌가? 주혜는 무엇보다 '나는 편한 게 좋아서'라는 말이 거슬렸다. 타인의 결혼을 축하해주러 가는 자리. 길어야 1시간 정도밖에 안 되는 시간. 편한 걸 좋아하는 취향을 그런 날까지 고집해야 할 필요가 있을까? 주혜는 티셔츠에 검정 바지를 입고 갔을 태정보다 그래도 괜찮다고 생각했을 태정을 이해하기 힘들었다.

이해하기 힘든 일은 맥줏집에서도 일어났다. 가게에서 Cigarette after sex의 노래가 크게 흘러나왔다. 반가운 마음에 태정을 쳐다봤는데, 태정은 아무것도 모르는 표정으로 "왜?"라고 말했다. 주혜가 손가락으로 천장을 가리키며 "Cigarette after sex"라고 말했다. 태정이 고개를 갸웃했다. 음악 때문에 잘 안 들리나 싶어 이번엔 음절을 끊어서 말했다. "시가렛, 애프터, 섹스." 태정은 그제서야 "아아"라는 반응을 내비쳤다.

"이게 〈K.〉인가?"
"아니… 이건 〈Sweet〉"

태정은 기억났다는 표정을 짓고 "아 맞다"라는 말을 했지만, 어딘가 부자연스러웠다. 왠지 〈K.〉 말고는 모르는 것 같았다.

"이 사람 노래는 다 비슷해서 뭐가 뭔지 잘 모르겠어."
"밴드인데"

어딘가 나사가 빠진 듯한 대화였다. 주혜는 태정의 피드에 Cigarette after sex의 노래가 흘러나오는 동영상을 찾아 보여줬다. "이 동영상에 나오는 게 〈Sweet〉" 태정의 눈동자가 여기저기로 굴러다녔다. 그냥 그 순간 좋아서 찍어 올린 거라 기억이 안 난다고 했다. "그럼 이 노래는 네가 튼 게 아니야?" "그거 나 아는 형이 음악 좋아해 가지고…" 문득 태

정이 미셸 공드리를 몰랐던 게 떠올랐다. 〈이터널
선샤인〉을 좋아하는데 미셸 공드리는 누군지 모르
고, Cigarette after sex를 좋아한다고 했는데 〈K.〉말
고는 아는 곡이 없고, 미안하다고 하지만 지갑을 가
져오지 않은 날이 잦아지고. 주혜는 태정을 빤히 쳐
다봤다. 오늘은 어떻게 계산을 할까. 여태껏 1인분
에 만 원 미만인 백반집 같은 경우에는 태정이 결제
를 했고, 저녁으로 술집에서 대략 4만 원 정도가 나
오면 태정은 늘 주혜 뒤에 서 있었다. 이상하게 그
런 날마다 카드를 놓고 왔었고, 그렇지 않은 날엔
미리 주혜에게 "잘 먹었습니다" 따위의 인사를 했
다. 그런 걸 따지면서 연애하고 싶진 않았지만, 전세
금 대출을 꼬박꼬박 갚는 주혜의 입장에서 그런 방
식의 연애가 신경 쓰일 수밖에 없었다.

태정이 일어나자고 했다. 계산서를 주혜에게 넘겼
다. 주혜가 계산서와 태정을 번갈아 바라보자 태정
이 머리를 쓸어넘기며 말했다. "누나 나 한도 때문
에…" 이번에도, 주혜가 계산을 했다. 핸드폰에 알
림이 떴다.

[**은행 넷플릭스 12,000원 출금]

"태정아, 넷플릭스 돈. 까먹었어?"

"… 아 맞다. 보낼게"

"근데… 어… 3개월 째라 18,000원 보내면 돼"

"아 그래…? 아… 나 근데 별로 안 봤다?"

태정의 표정은 심지어 뭐랄까, 약간 억울한 표정
이었다. 별로 보지도 않았는데 곧이곧대로 18,000원
을 다 보내야 하는 것에 대한 불만. 그런 게 있어 보
였다. 순간 주혜는 자신이 받으면 안 되는 돈이었나
싶었다. 하지만 방금 맥줏집 결제 알림도 나란히 있
는 걸 보고 주혜는 싸한 기분이 들었다.

*

윤진 언니의 결혼식 날, 주혜는 지하철에서 태정과
어제 나눴던 대화를 계속해서 위아래로 스크롤 했
다. 이제는 외울 지경이었다.

[가면 전 직장 사람들 최대한 안 마주쳐야지 / 그
렇게 싫으면 안 가면 되는 거 아냐? / 어떻게 안
가 / 일 있다고 하면 되지 / 말이 돼 그게 / 왜?
난 가기 싫은 약속은 안 가는데 / 친구들 약속 말
하는 거야? 이건 결혼식이야 / 미안하다고 하면
되지~]

[미안하다고 하면 되지~]라는 문장을 읽을 때마다 손톱만 한 돌멩이가 주혜의 마음과 머릿속을 구석구석 쑤셔댔다. 거기다 물결 부호를 붙인 것도 가관인데 심지어 그다음은 [내가 그런 건 칼 같아서]였다. 주혜는 잠깐 태정과 자신이 다른 이야기를 하고 있는지 싶어 대화를 위아래로 꼼꼼히 살펴봤다. 갑자기 핀트 나간 소리를 하는 데다가 잘난 체하는 문장. 누구는 칼이 아니어서 이런 고민을 하는 줄 아나. 머리가 더 아파지는 것 같아 핸드폰에서 이만 시선을 거뒀다.

　축의금을 내고 웨딩 사진을 천천히 봤다. 그동안 웨딩 사진은 다 똑같아 보였는데, 윤진 언니의 사진 만큼은 그렇지 않았다. 한 장 한 장 꼼꼼히 살피며 언니 표정에 어린 눈빛과 분위기를 보았다. 남편 되는 분은 언니가 자주 가던 식당에서 만났다고 했다. 맛이며 분위기며 전체적으로 밸런스가 좋아서 꽤 알아주는 식당이었는데, 갈 때마다 주방에서 묵묵히 일하던 직원과 우연히 근처 술집에서 마주치게 됐고, 알고 보니 직원이 아니라 사장이었다는 사실을 알게 되면서 결혼을 결심했다고. 언니는 그렇게 유머러스하게 말하긴 했지만 사진 속 언니는 식당 사장이 아니라 정말 사랑하는 사람과 결혼을 하는 것 같았다. 행복해 보였다.

주혜는 신부 대기실로 들어갔다. 청첩장을 받던 날
엔 언니의 안색이 조금 지쳐 보여서 걱정됐었는데,
다행히 오늘 윤진 언니의 얼굴엔 기쁨이 만연했다.

"언니 축하해요"
"고마워 주혜야. 남자친구는 같이 안 왔어?"
"아… 저 혼자 왔어요… 일이 있어서"
"아쉽다. 나 여행 돌아오면 얼굴 보여줘야 해?"

대답을 하기엔 양심에 찔려서 고개만 끄덕였다. 내
가 왜 말했을까. 태정과 만난다고 왜 말했을까. 주혜
는 잠깐 자신을 자책했다. 태정을 떠올렸다. 태정이
만약 여기에 왔다면, 태정은 무슨 옷을 입고 있었을
까. 맨투맨에 컨버스 차림으로 서 있었을까. 윤진 언
니는 "연하남이라며 기지배야. 능력도 좋아"라고 말
했다. 식을 잘 보겠다는 얘기로 대답을 뭉뚱그리곤
신부 대기실을 빠져나왔다. 초등학생 정도로 추정
되는 남자아이들을 제외하고는 모든 남자가 셔츠를
입고 있었다. 저 사람들 옷장엔 셔츠가 있겠지. 계절
별로 있겠지. 저 사람들도 편한 걸 좋아하겠지. 그래
도 오늘 같은 날엔 셔츠를 입어야 한다는 것도 알고
있겠지.

주혜는 자리에 앉아 두리번거리다 기피하고 싶었

던 전 직장 사람들과 눈이 마주쳤다. 안타깝게도 주혜의 옆자리는 줄줄이 비어있었고, 전 직장 사람들이 그 자리를 채웠다. 간단한 안부를 소곤거리다 식이 시작됐다. 사회자가 외쳤다. "신랑 입장!" 신랑이 훤칠한 미소를 지으며 걸어왔다. 한 번 더, 사회자가 조용하고 힘있게 말했다. "신부 입장" 윤진 언니가 오묘한 표정을 짓고 걸어오기 시작했다. 언니에게서 처음 보는 표정이었다. 식이 끝나고, 직장 동료들이 사진을 찍는 시간이었다. 주혜의 옷을 칭찬의 말투로 비꼬던 사수 옆에 서게 됐다. 사진 기사의 마무리 멘트 후 잽싸게 계단을 내려가려는데, 사수가 주혜를 불렀다. "주혜씨, 밥 먹을 거죠? 우리랑 같이 먹어요." '우리'에는 팀장님도 있었고, 신입사원으로 보이는 여자와 남자가 있었다. 얼떨결에 같이 식사를 하게 됐다. 접시에 음식을 담는 순간부터 시작이었다. 사수는 주혜에게 "스타일이 여전하네. 참… 특이해"라며 웃었다. 주혜는 그저 고개를 짧게 끄덕이고 묵묵히 음식을 담았다. 눈을 보면 화가 날 것 같아 최대한 테이블만 쳐다보며 밥을 먹었다. 맞은 편엔 팀장이 앉았다.

"주혜 씨는 여전히 애인도 결혼 생각도 없는가? 나이도 이제 여자 나이도 아닌…"
"결혼 생각은 여전히 없고요. 애인은 생겼어요"

다이렉트

딱히 말하고 싶진 않았지만, 아까 윤진 언니가 '능력도 좋아'라고 한 말이 생각나 힘주어 말했다. 사수와 팀장은 짧게 감탄한 후 질문을 시작했다. 주혜는 하나하나 거짓도 아니면서 정확하게 사실도 아닌 단어들로 태정을 표현했다. 대학생 대신 졸업 예정자. 인스타그램으로 만난 게 아니라 건너 건너 소개로 만나게 됐다는 말. 가까스로 그들을 방어한 주혜는 녹초가 됐다. 이상하게도 공허한 느낌이 들었다. 이렇게 포장을 많이 해야 하는 사람이었나. 태정의 이름과 나의 말고는 그 어떤 것도 정확히 말하지 못했다. 나한테 태정이 이런 사람이었나. 핸드폰 진동이 울렸다. 태정이었다. 오후 2시에 잠깐 일어났다가 다시 잠들었다고 했다. 태정은 저녁에 주혜의 집에 와서 저녁을 먹기로 했다. 집에 도착해 청소를 하고 있는데 태정에게 연락이 왔다.

[누나 우리 오늘 말고 다음 주에 보자. 나 기말고사 끝나고. 미안]

주혜는 하던 청소를 멈추고 텅 빈 방을 바라봤다. 몇 번이고 다시 읽은 후 답장을 보냈다. [오늘은 안 될 것 같아?] 태정은 월요일이 전공과목 시험이라 어려울 것 같다고 대답했다. 오늘은 열흘 만에 보는 날이었고, 어제까지만 해도 무엇을 먹을지 고민하던 태정이었다. 이어서 짧은 메시지가 하나 더 왔다. [이번 주가 좀 바쁘네] 바쁘다니. 태정이 바쁘다니. 주혜는 억울함이 들끓었다. 주혜는 연애하는 내내 늘 태정보다 늦게 잠들었고, 태정보다 일찍 일어났다. 그 생활을 태정은 잘 알고 있다. 심지어 최근엔 주혜의 기획안으로 진행 중인 프로젝트도 있어 더욱 신경을 많이 쓰며 지낸다는 것도 태정은 잘 알고 있다. 주혜 역시 태정을 잘 알고 있다. 늘 '학교는 그냥 졸업만 하면 돼'라는 말을 입에 달고 살았다는 걸 잘 알고 있고, 몇몇 과목은 종강한 상태였으며 '다음 주에 보자'고 했지만 어떤 요일에 볼지는 아직 정하지 않은 상황이라는 것도 잘 알고 있다. 솔직하게 말해서 둘의 관계에서 '바빠서 다음 주에 봐야겠다'라는 말을 하는 사람이 있다면 그건 태정이 아니라 주혜였어야 했다. 답장을 보냈다. [나 오늘 힘들었는데…] 계속해서 대화창을 들락거렸다. 답장이 느린 사람과 연애를 하고 있다는 사실이 비참했다. 대화창에는 여전히 주혜가 보낸 메시지가 가장 최근 메시지였다.

[누나 힘들었구나 ㅜㅜ 힘내 누나]

태정에게서 연락이 온 건 밤 11시가 다 되어서였다. 보자마자 겨우 남아있던 힘조차 증발하는 느낌이었다. 그래도 고맙다고 답장을 하고 태정에게 전화를 걸었다. 약 40초가량 신호음만 지속됐다. 다시 걸었다. 여전히 받지 않았다. 주혜는 내일 업무를 정리한 후, 인스타그램을 켰다. 태정의 동네 친구 영진의 스토리가 올라왔다. 스토리에는 친구들과 생일파티를 하는 동영상이 올라와 있었다. 다 같이 찍은 사진도 있었는데, 태정도 있었다. 머리꼭지가 빙빙 돌았다. 태정에게 전화를 걸었다. 여전히 받지 않았다. 이번엔 태정의 스토리가 올라왔다. 노래방에서 놀고 있는 동영상이었다. 4분 전. 다시 전화를 걸었다. 태정은 전화를 받지 않았다.

*

다음 날 점심이 지나고 노을이 질 때까지도 태정에겐 연락이 없었다. 혹시 이건 볼까 싶어 점심으로 먹은 커피를 스토리에 올렸다. 올린 지 11분이 됐을 때, 조회한 사람 목록에 태정이 떴다. 여전히 연락은 없었다. 하나가 귀신같이 주혜의 표정을 보고 물었다. "언니 무슨 일 있죠." 웃어보려 했지만 억지웃음이 들통났다. 주혜는 하나에게 자초지종을 설명했다. 하나는 얘기를 듣는 내내 미간을 찌푸리거나 짧게 탄식했다. 얘기가 다 끝나고 나서 하나는 의아함과 확신이 반 정도씩 섞인 말투로 말했다.

"언니 일반화일지도 모르는데요. 이런 애들이 되
게 많대요"

이런 애들? 주혜는 이런 애들이 어떤 애들인지 물
어봤다. 하나가 말하길 '이런 애들'은 피드에 그럴
싸한 영화나 책, 음악 등을 올려놓았지만 사실은 아
무것도 모르는 애들. DM으로 이성을 꼬셔 연애하고
섹스를 하는 애들. 그리고 또 다른 이성에게 DM을
보내며 다음 연애를 준비하는 애들. 이것만 들어도
황당해하고 있었는데, 마지막 문장이 스트라이크였
다.

"그런 애들한텐 인스타그램이 메뉴판이래요"

그럼 내가 태정의 메뉴 중 하나였다고? 주혜는 믿
고 싶지 않았다. 하지만 믿고 싶지 않은 마음과 믿
어야 하는 사실은 분명히 달랐다. 주혜는 태정과 함
께 팔로우하는 사람 중 여자들의 인스타그램을 들
어갔다. 게시물 밑에는 계속해서 [태정 님 외 여러
명이 좋아합니다]라는 문구가 있었다. 주혜는 태정
에게 오늘은 얘기를 좀 해야겠다고 말했다.

회사 앞 카페에서 태정을 만났다. 7시 반에 보기로
했는데, 태정은 7시 50분에 도착했다. 아르바이트도

안 하고, 학교 시험도 끝났고, 언제나 술, 피시방이 일과인 태정이 왜 약속 시각에 오지 못하는지 알 수 없었다. 주혜는 태정을 위아래로 훑어보며 말했다. "사람 기다리게 하는 데 뭐 있구나." 태정의 표정이 구겨졌다.

주혜는 놀랐다. 미안한 표정이 아니라 불쾌한 표정이라니. 태정을 쳐다봤다. 태정이 눈을 피했다. "음료 시키고 올게. 뭐 시켰어." "뭐 하다 왔어." 같은 말들이 둘의 대화를 겉돌았다. 주혜가 딱 잘라 말했다. 어제 일을 설명해보라고. 왜 스토리는 올리고 연락은 하지 않았느냐고. 태정이 결심한 듯이 말했다.

"내가 처음에 말하지 않았나? 나 연락 같은 거 잘 못한다고"

예상치도 못한 말이었다. 주혜가 예상한 말은 미안하다는 말이었다. 그랬다. 연애를 시작할 당시 태정은 자신이 연락을 잘하는 세심한 타입이 아니라고 말했었다. 괜찮다고 했었는데, 그건 그 뒤에 '그래도 노력해보겠다'는 말 때문이었다. '그래, 내가 연락을 너보다 훨씬 많이 했지. 그런데 애인이 연락을 많이 하는 게 뭐가 그렇게 이상하니.' 이 말을 꺼내려고 하는데 태정이 말을 시작했다. 살짝 울먹거리는 목

31

소리로. 사실은 정말 힘들다고. 주혜는 당황함을 감추고 태정의 독백을 들었다.

"재정적으로 너무 어렵고… 내가 이 연애를 왜 시작했나 싶어 후회한 적도 있었어. 그래도 누나가 너무 좋아서 만나고 싶었어. 근데 교통비도 아껴야 하는 지금 같은 상황에 연애를 하는 건 아닌 것 같아. 아무래도 난 우리가… 시간을 좀 가져야 할 것 같아"

모두 처음 듣는 얘기였다. 교통비도 아껴야 할 만큼 재정적으로 어려운 줄도 몰랐고, 이 연애를 시작한 걸 후회하는 줄도 몰랐으며, 우리 관계에 시간을 가지고 싶다고 생각한 줄도 몰랐다. 주혜는 당황스러움을 숨기지 못했다. 우는 태정에게 휴지를 가져다주며 미안하다고 몰랐다고 했다. 태정은 눈물을 닦은 후 말했다.

"내가 평소에 표현 잘 못했지만… 내가 본 누나 모습 중에 오늘이 제일 예쁘다."

그 말을 마지막으로 태정은 일어나서 사라져버렸다. 카페엔 주혜 혼자 남겨졌다. 커피 속 얼음의 모양이 그대로였다. 한 모금을 들이켰다. 여전히 시원했다. 집으로 가는 길 내내 태정의 우는 모습이 머릿속을 가득 메웠다. 시간을 가지자는 건 어떤 의미일까. 헤어지자는 건 아니겠지. 연애 중 태정이 가끔 자신을 자조적으로 '거지'라고 표현했던 게 떠올랐다. 정말 많이 어려웠구나. 난 그것도 몰랐구나. 오늘 교통비도 부담이었을 태정을 생각하자 주혜는 마음 한편이 불편했다. 난 연락을 왜 그렇게 많이 했을까. 마음이 답답해 집에 도착해서도 아무것도 하지 못했다. 겨우겨우 침대에 누웠을 땐 하염없이 눈물이 흘렀다. 눈물엔 태정의 고충을 몰랐던 무지함, 태정을 잃어버리는 것에 대한 두려움, 다시 혼자로 돌아갈 외로움이 섞여 있었다.

핸드폰 알림이 울렸다. 태정이 게시물을 올렸다는 알림이었다. 태정이 지하철 쇼윈도에서 자신의 전신을 찍어 올렸다. 뭐지? [언니 어떻게 됐어요? 잘 만났어요?] 하나였다.

"언니 그거 가스라이팅…"

하나가 얘기를 듣고 그렇게 말했다. 가스라이팅. 아는 단어였다. '타인의 심리나 상황을 교묘하게 조작해 그 사람이 스스로 의심하게 만듦으로써 타인에 대한 지배력을 강화하는 행위'라는 뜻을 가진 단어. 책이나 영화 속에서 다양한 상황으로 봤었다. 하나가 조목조목 짚어 설명해줬다. 미안 하단 말을 해야 하는 사람은 태정이라는 사실. 교통비도 부담이 된다면서 친구들과 왜 계속 술을 먹고 담배 피우고 피시방을 갔는지. 일도 하지 않으면서 연락을 못 한다는 건 핑계라는 거. 하나의 얘기를 듣다 보니 태정이 오늘 새 옷을 입고 왔다는 사실이 떠올랐다. 이런 상황이 되기 얼마 전, 주혜에게 자랑했던 봄버 재킷. 교통비도 부담이 된다고 울던 태정이 새 옷을 입고 있었다. 그리고 아까 지하철에서 찍어 올린 사진… 주혜는 하나가 일전에 말했던 '이런 애들'이라는 표현이 떠올랐다. 어쩌면 태정이 그 단어에 해당하는 사람일 수 있다는 생각이 들었다. 핸드폰에 알림이 떴다.

[**은행 넷플릭스 12000 출금]

"아 시발." 순간 입에서 자동으로 욕이 튀어나왔다. 태정이 보낼 돈은 24,000원으로 늘어났다. 잠이 올 생각을 안 해 영화를 틀었다가 인스타그램을 반복해서 들어갔다. 정확하게는 태정의 인스타에 들어가는 걸 반복했다. 주혜는 태정과의 순간들을 다시 떠올렸다. 새 옷에 늘 있는 담배. 얼마 전 친구들과의 술자리. 기말고사가 끝나고 보자는 말. 이미 상황들이 증명해주고 있었다. 태정의 행동은 너무나도 앞뒤가 잘 맞게 설명되고 있었다. 하지만 그 마음을 괜히 파헤쳐서 조금이라도 틈을 만들고 싶었다. 아니라고. 이 관계에 싫증을 느낀 게 아니라고. 그저 힘들었을 뿐이라고 믿고 싶었다. 사진만 믿고 너무 성급하게 연애를 시작했던 걸까.

다시 태정의 인스타를 들어갔다. 정사각형 사진들의 위치가 전과 달라져 있었다. 피드엔 주혜와 관련된 사진이 모두 삭제돼있었다. 뭐지? 태정의 스토리가 올라왔다. 편의점에서 친구들과 술을 마시는 사진이었다. 서서히 퓨즈가 나갔다. 전화를 걸었지만 받지 않았다. 문자로 전화를 받으라고 보내고 다시 전화를 걸었다. 그래도 받지 않았다. 태정은 친구들이 올린 스토리를 추가하기만 했다. 주혜는 새벽 내내 태정이 뭘 하고, 누구랑 있었는지 스토리를 통해 알 수 있었다. 주혜는 스토리에 답장을 보냈다. 사진을 지운 이유를 설명해달라고. 그렇게 보내고 나니 마음속에서 무언가가 탁 접히는 기분이 들었다. 거의 다 쓴 볼펜을 마지막으로 정말 안 나오는지 확인한 후, 쓰레기통에 버려버리는 그런 기분.

태정은 장문의 답장을 보냈다. 요약하자면, 연락을 잘 못한다고 했는데 왜 또 연락하냐. 재정적으로 힘들다고 하지 않았냐. 관계에 지치고 정신적으로도 힘들다. 주혜가 물어본 건 사진을 지운 이유였다. 재정적으로 힘든 걸 한 번 더 설명해주길 바랐던 게 아니었다. 이제는 가스라이팅보다 대화가 불가능한 태정의 무지함이 거슬렸다. '되'와 '돼'를 틀린 게 거슬렸다. 재정적인 얘기 좀 그만하고, 사진을 왜 지웠는지 대답해달라고 보냈다. [힘들어서] 태정의 답장이었다. 그제야 알았다. 태정에겐 그 말이 무기라는 걸. 뭉뚱그려서 설명해도 되고, 오히려 자세하게 물어보면 무례한 사람으로 취급할 수도 있고, 개인마다 척도가 달라서 별 게 아니라도 힘들다고 말하면 그런 줄 알아야 하는 그런 말. 이 관계는 어떤 것도 확실한 게 없었다. 아니, 너무 불확실했다.

주혜도 태정과 관련된 모든 사진을 피드에서 지웠다. 하나에게 상황을 캡처해서 알려줬다. 하나는 태정을 처음 얘기했을 때처럼 말했다. "대박" 그래 이번 내 연애는 '대박'이었지.

*

"그럼 헤어진 거예요?"

하나가 물었다. 그런 것 같은데. 헤어진 것 같은 느

36　　　　　　　　　　　　　　　　　　다이렉트

낌이 2주가 지속되자 헤어진 건 아니라고 말하는 게 더 이상했다. 헤어졌다고 생각하는 게 속이 편했다.

"근데 있잖아… 태정이가 팔로우를 안 끊어"
"왜요?"

주혜도 왜냐고 묻고 싶었다. 헤어진 게 맞는 것 같은데. 팔로우는 계속하고 있었다. 심지어 주혜의 스토리도 계속 보고 있었다. 넷플릭스는 이미 비밀번호를 바꿨는데 아직 들어가 보지 않은 것 같았다. 그리고 그날 바로 태정의 인스타도 언팔로우 했는데. 태정은 모르는 것 같았다. 연락해서 '너를 언팔했어'라고 얘기를 할 수도 없는 노릇인 것 같아 아무런 행동도 하지 않았다. 놔두면 언젠가 알겠지. 그렇게 일주일쯤 지났을까. 새벽에 태정에게 DM이 왔다. [나 언팔했네] 이어서 '입력 중'이라는 메시지가 나타났다 사라지기를 반복했다. 태정에게 전화가 왔다. 거절할까 싶었지만 어쩐지 이렇게 끝내는 이별은 아닌 것 같아서 고민하다가 전화를 받았다. 살짝 늘어지는 말투로 태정이 말을 했다.

"누나… 나… 언팔했어… 어… 왜…"
"관계 지친다며. 다시 만나고 싶어?"
"…"

사과한다면, 정말 정확하게 설명하고 사과한다면 주혜도 한 번쯤은 눈감고 넘어가고 싶었다. 나를 조금 더 소중하게 생각해달라고, 조금 더 성의있게 관계에 임해달라고 말하면 태정이 조금은 이해하지 않을까. 그래서 물어봤다. 다시 만나고 싶냐고. 태정은 중얼거리며 말을 뱉었다.

"내, 내가, 누나, 꺼, 어……"
"뭐?"
"아… 그니까… 내가 좋아요 눌렀잖아!"

　태정이 마이크에 가까이 대고 크게 말했다. 주혜는 순간적으로 핸드폰을 귀에서 멀리 뗐다. 근데 방금 뭐라고 한 거지? 좋아요? 좋아요 눌렀잖아? 주혜는 순간 자신이 잘못 들은 게 아닐까 생각했다. 태정이 지금 한 말은 자신이 '좋아요'를 눌렀는데 왜 그걸 물어봐? 라는 뜻이었다. 질리고 질려서 더는 어떤 말도 나오지 않았다. 잠깐 정적이 흘렀다. 다급해진 태정이 이어서 말을 꺼냈다.

"알잖아… 나 표현… 잘… 못하는 거…"
"그래 그럼 다음에도 좋아하는 여자 생기면 '좋아요' 눌러"

주혜는 태정과 통화를 끊고 자신의 피드를 다시 봤다. 태정과의 만남을 기준으로 게시물을 비교해 보니 아이러니하게도 주혜를 만나기 전엔 빠짐없던 '좋아요'가 만나고 나서부턴 점점 뜸해졌다. '좋아요'를 누르며 시작한 연애에서 '좋아요'가 뜸해진 사이. 사랑이 이렇게 쉽게 확인되는 거였나. 주혜는 화면을 아래로 당겼다가 올렸다. 이번엔 그대로였다. 태정의 인스타를 들어갔다. 상대방만 나를 팔로우하고 있으면 뜨는 '맞팔로우 하기' 문구가 '팔로우'로 바뀌었다. 그건 태정도 주혜를 언팔했음을 의미했다. 믿을 수 없었지만 그건 명백하게 이별이었다. 팔로우에서 언팔로우로 변한 그 화면이 주혜와 태정의 마지막이었다.

세이브 앤 리셋 (Save and Reset)

"그걸 벌써 버렸어?"

병운이 말했다. 이전 남자친구 상우도 선영에게 그렇게 말했었다. "그. 걸. 벌. 써. 버. 렸. 어. ?" 이 문장의 포인트는 '버렸어?'가 아니라 '벌써'에 있다. 왜 벌써 버렸니? 글쎄, 왜 벌써 버렸을까. 솔직한 말로는 '네가 다시 날 찾을 줄 몰랐어'라고 하고 싶었다. 하지만 선영은 이미 모범 답안을 뱉고 있었다. "힘들어서." 반은 맞고 반은 틀린 대답이었다. 힘들긴 했지만 못 견딜 만큼 힘들지는 않았다.

벌써 버린 물건은 지갑이었다. 헤어졌어도 그렇지 지갑을 굳이 버릴 필요가 있냐고 물을 수도 있겠지만 지갑은 선영도 있었다. 조금 헤지긴 했지만 돈이 빠질 정도로 헐거워진 것은 아니었고 쓰기에 불편하지 않았다. 그래서 선영은 병운이 선물해 준 지갑을 버리고 다시 예전 지갑을 꺼내서 썼다.

물론 병운도 선영의 지갑이 불편해 보여서 사준 건 아니었고, 선영도 그 사실을 잘 알고 있었다. 헤어지기 전 데이트를 하던 때였다. 병운은 카페 탁자 위에 놓인 선영의 지갑을 만지작만지작 하더니 "쓴지 얼마나 됐어?"라고 물었다. 그러고는 다음 달 중순 선영의 생일에 갈색 가죽 지갑을 선물했다.

"바꿀 때 된 것 같아서"

그렇게 지갑을 선물 받고 석 달이 지났을까, 무더운 여름 병운은 헤어지자고 했다. 기약 없이 길어지기만 하는 이직 준비로 자신한테 집중해야 할 것 같고, 재정적인 부분도 부담스럽다며 이별을 제안했다. 그런 부분이라면 선영은 자신이 더 감당할 테니 이별은 재고해보는 게 어떻겠냐고 물었지만 병운은 어려울 것 같다고 했다. 바로 그날 선영은 지갑을 버렸다. 그런데 이렇게 또 병운과 마주 보고 밥을 먹게 될 줄이야.

병운의 끝날 줄 모르던 이직 준비가 끝났다. 연애

할 때부터 가고 싶다고 노래를 부르던 회사가 있었는데, 결국 그 회사에 입사했다. "축하해"라고 말하니 병운은 밝게 웃었다. 뭔가 오랜만에 보는 미소라는 생각이 들어 선영의 마음이 잠깐 시렸다. 빈 그릇을 싱크대에 담가 놓고, 병운이 설거지를 하면서 말했다.

"다다음 주부터 출근이니까 그동안 데이트 많이 하자. 바다 보러 갈까?"

선영은 순간 그 말이 병운의 말이 아니라, 이런 상황이 되면 모든 사람이 뱉는 아주 통상적인 말이라는 느낌을 받았지만 싱긋 웃어 보이며 그러자고 대답했다. 그렇게 2주 동안 열심히 데이트를 했다. 정말로 바다도 보러 가고, 집에서 요리도 해 먹고, 이케아도 구경하고, 영화관도 가고, 산책도 했다.

출근이 시작되고, 한 달쯤 지나자 병운은 그렇게 가고 싶어 했던 회사를 점점 미워하기 시작했다. 일이 너무 힘들고 많다고 자주 말했다. 당연히 만나는 시간은 줄어들었고, 연락도 예외는 아니었다. 일어나서 하던 연락은 점심을 먹을 때로 늦춰졌고, 집에 도착해서 하던 시시콜콜한 일과 얘기는 [나 먼저 자볼게]라는 문장으로 빠르게 마무리되었다.

선영의 회사는 연차를 돌아가며 사용해야 했고, 이번엔 선영의 차례였다. 그동안 여행 한 번 가지 않고 일만 했던 선영은 약 1주의 연차를 받았다. 여행을 갈까 생각했지만 병운과 데이트를 할 시간도 없던 요즘을 생각하며 병운에게 시간을 맞추기로 했다. 그러니까, 종일 휴식을 취하다가 병운의 퇴근 시간에 맞춰 병운의 집에서 저녁을 하고 기다리는 그런 거. 병운의 힘든 회사 생활을 위해 선영은 자신의 휴가 시간을 그렇게 쓰기로 했다.

[나 다음 주까지 연차여서 내가 시간 맞출 게 병운 씨]
[좋겠네 자기는. 나 놀리는 거지]

꼭 말을 해도…. 선영은 잠깐 핸드폰을 아니꼬운 시선으로 쳐다봤다. 연차 1일 차. 병운의 집에서 잤다. 출근 준비를 하는 소리에 깼고, 병운은 여전히 누워있는 선영에게 말했다. "더 자, 선영아. 이따 퇴근하고 저녁 먹자." 선영은 대답도 못 하고 눈도 못 뜨고 그냥 고개만 끄덕였다. 선영이 일어난 건 정오가 넘어 햇살이 방을 비출 때였다. 병운의 집은 오랜만이었다. 다시 만나고 처음 오는 거니까 6개월 만이었다. 오랜만에 집을 구경했다. 그대로인 게 많았다. 여전히 옷장 왼쪽엔 병운이 뿌리는 향수가 장식장 위에 놓여있었고, 냉장고엔 병운이 여행을 다니며 모은 마그넷들이 전과 같은 위치에 붙어있었다. 거실엔 자주는 아니지만 가끔 사용하던 턴테이블도 그대로 있었다. 게다가 오늘에서야 인식했지만, 화장실에는 예전에 선영이 병운에게 선물로 사준 무인양품 칫솔꽂이도 그대로 있었다. 거기엔 병운의 칫솔이 꽂혀 있었다. 그동안 미처 알지 못했는데, 여전히 병운에게 남아있는 자신의 물건들을 보니 얼마 전 병운이 선영에게 '그걸 벌써 버렸어?'라며 서운함을 토로하던 게 좀 이해가 되는 것 같기도 했다. 선영은 괜히 미안한 기분에 사로잡혀 병운의 집을 청소하기로 했다. 병운이 지저분한 타입은 아니지만 일이 바쁘니 청소에 신경을 못 썼는지 곳곳에 먼지가 쌓여있었다.

　LP를 하나 골라 재생시킨 후, 먼지떨이를 집었다. 곳곳의 먼지를 털어낸 후 청소기를 돌리고 걸레질로 마무리를 하는데 노래가 끝났다. 잠깐 고요해진 집 안에서 청소를 마무리하려는데, 병운의 책상 서랍에 찢어진 포장지가 있었다. [생일 축하하고 사랑해 오빠] 선영과 병운은 동갑이다. 게다가 '사랑해'라는 말이 쓰여있으니 누군가와 연애를 하던 시기에 받은 것이다. 맥이 빠졌다. 여태껏 청소는 왜 했을까. 찝찝해진 기분을 모르는 체하려 다시 음악을 재생시키기로 했다. LP판을 하나하나 넘겼다. 거기엔 병운이 좋아하는 쳇 베이커의 LP가 있었다. 조심스럽게 판을 올려놨다. 〈I fall in love too easily〉가 천천히 흘러나왔다. 제목도 지 같네.

병운은 8시 반쯤 집에 돌아왔다. 선영은 카레를 해놨고, 병운은 넥타이만 풀고 앉아 오늘 있었던 일을 이야기하며 카레를 먹었다. 카레를 다 먹은 병운은 샤워를 하러 들어갔고, 선영은 설거지를 했다. 씻고 나온 병운이 캔맥주를 딴 뒤 선영 옆에 앉았다.

"내일은 뭐 해?"

선영은 생각했다. '나 내일 뭐 하지?' "그러게. 오늘처럼 보낼 것 같은데…" 병운은 약간 못마땅한 표정으로 말했다. "일주일이나 휴가받았으면 나라면 바로 여행 갔다" 뭔가 그 말은 기분이 나빠지는 말이었다. '나도 여행 생각 안 했던 거 아닌데.' 선영은 순간 오르는 열을 눌렀다. 병운은 다시 한번 입을 열었다.

"아 근데 뭐… 자기 일은 그래도 업무 강도가 괜찮으니까, 여행까지 가면서 쉬지 않아도 되겠네.

아 난 진짜 다닐수록 더 힘든 것 같아"

난데없이 '나라면 바로 여행 갔다'로 시작해서 '난 진짜 다닐수록 더 힘든 것 같아'라고 하는 병운의 말에는 끼어들 틈이 없었다. 선영은 아무 말 없이 그의 맥주를 한 모금 마셨다. 병운은 문득 집안 여기저기를 둘러보더니 약간 당황한 말투로 청소를 했냐고 물었다.

"뭐 버린 건 없지? 그냥 청소기만 돌리고 닦기만 한 거지?"
"내가 병운 씨 물건 뭘 알아서 버리고 말고를 결정하겠어."

병운은 안심한 표정으로 예쁘다는 듯 내 머리를 쓰다듬으며 말했다. "청소도 하고 카레도 해놓고, 이쁘네 우리 선영이." 선영은 다음 날 병운이 출근하기를 기다렸다. 병운이 출근하자마자 집안 곳곳을 뒤졌다. 여자들의 흔적을 찾아내고 싶었다. 어제 열었던 서랍부터 시작했다. [사랑해 오빠] 포장지를 걷어내니 카드가 있었다. [카메라에 대해 잘 몰라서 그냥 상태 가장 괜찮아 보이는 걸로 샀어. 여행 갈 때 이쁜 사진 많이 찍어와!] 카메라? 아. 필름 카메라. 병운은 여행을 가기 전마다 '필름 카메라 하나 살까'하는 말을 가끔 했었다. 선영은 자신의 카메라를 빌려 가라고 몇 번 했었지만 정말로 빌려 가지는 않길래 습관처럼 내뱉는 말이라고 생각했다. 반면 이 여자는 그 말을 기억하고 정말로 병운에게 카메라를 선물했다. 그러고 보니 언젠가부터 병운의 SNS에 필름 사진들이 업로드됐었다. 카드를 몇 개 더 찾아 읽으며 물건을 찾았다. 물건은 찾을수록 눈에 더 잘 보였다. 병운의 취향에서 살짝 벗어나는 것들을 찾으면 됐다. 슬슬 카드가 없어도 물건을 찾을 수 있을 것 같았다. 넥타이, LP 3장, 노트북 파우치, 엽서, 디퓨저까지. 더 찾으려면 더 찾을 수 있을 것 같았다. 하지만 그만 찾고 싶었다. 선영은 자신이 선물해 준 물건들을 한 번씩 다시 바라봤다. 그것들은 어제의 모습과 달랐다. 어제는 당당하고 아름답고 뿌듯했지만, 오늘은 모든 것과 같아 보였고 눈치 없어 보이며 아무런 뿌듯함도 느껴지지 않았다. 마치 주인공 역에 캐스팅만 됐지 다른 배우에게만 조명이 비치고 있는 느낌이었다. 병운은 어제와 같은 시간에 집에 돌아왔다. 병운과 선영은 맥주를 마시며 TV를 봤다. 선영이 병운에게 물었다.

"병운 씨. 내가 지갑 버린 거 많이 서운했어?"
"아니 그걸 왜 버리냐 멀쩡한걸"

병운은 이어서 한 마디를 덧붙였다. "자기는 평소엔 감성적인 것 같은데 그럴 때 보면 정말 냉혈한 같아. 어떻게 나를 그렇게 빨리 잊냐." '어떻게' '그렇게' 선영은 그 단어들이 거슬렀다. 선영은 머릿속으로 할 말을 정리한 후 말했다. "병운 씨는 물건을 그냥 가지고 있었을 뿐이잖아." 병운은 TV에서 선영 쪽으로 시선을 완전히 옮겼다.

"뭔데, 무슨 말이 하고 싶은 건데"
"다른 여자들 물건도 많더라"
"근데?"
"내가 냉혈한? 병운 씨가 나르시시즘에 박애주의자겠지. 순수하고 낭만적인 척하지 마"

병운은 짜증 난다는 듯 머리를 쓸어넘기며 그럼 그걸 다 버리냐고 물었다. "그럼 그걸 다 갖고 살게?" 병운은 대답 대신 맥주를 마셨다. "넌 진짜 애가 왜 그러냐? 그래도 저 사람들도 네가 좋아하는 나, 좋다고 준 거야. 나한텐 소중하다고" 그러면 나는? 나는 안 소중한가? 내가 찾아볼 수 없는 곳에다 꼭꼭 숨길 순 없었던 걸까? 서랍만 열면 볼 수 있던 그 쉬움이 날 아프게 했던 건데. 병운은 맥주를 털어 마셨다.

"그리고, 왜 뒤지는데"

선영은 더 대답하지 않고 일어나서 옷을 입었다. 화가 나서 그런지 엘리베이터가 갑갑한 공간으로 느껴졌다. 핸드폰엔 병운에게 전화가 오고 있었다. 무시하고 택시를 탔다. [너 할 말만 다 하고 가버리는 게 어딨어. 전화 받아] 선영은 핸드폰을 열어 병운의 번호를 삭제하고 사진들을 삭제했다. '이건 정말 최악의 휴가야.' 이어서 최근 삭제된 항목에도 들어가 전체 삭제를 했다. 병운과의 연결들이 핸드폰에서 빠져나갔다. 그제야 눈을 감고 잠을 청했다.

다음 날, 병운이 집 앞으로 왔다. 별스럽지 않은 말로 대화를 빙빙 돌다가 병운이 운을 뗐다.

"넌 지갑 그럼 왜 버린 건데. 나에 대한 마음 다 끝났던 거 아냐?"
"끝내고 싶어서 버린 거지. 끝나서 버린 거 아니었어."
"……"
"병운 씨는 아직도 내 말을 이해 못 한 것 같아. 그냥 그 소중한 물건들이랑 오손도손 잘 살아"

병운은 말이 없었고, 선영은 그런 병운을 뒤로한

채 돌아왔다. 며칠 전 병운이 준 백합을 들어 바로 쓰레기통에 넣었다. 백합은 왜 향기도 진한지. 쓰레기통에 넣어도 향기가 났다. 백합 향이 빠지기를 바라며 창문을 열었다. 어제도 나지 않던 눈물이 보이지도 않는 백합 향에 터져버렸다. 나는 왜 이렇게 예민하고, 병운은 왜 그렇게 둔감한 걸까. 한참을 울다 정신을 차리니 저녁 9시였다. 핸드폰엔 아무 연락도 없었다. '그만 만나자' 혹은 '헤어지자'라는 문장 없는 헤어짐이었다. 선영은 쓰레기봉투를 꽁꽁 묶었다. 백합 향이 새어 나오지 않기를 바라면서 더 세게 묶었다. 슬리퍼를 질질 끌고 분리수거장에 갔다. [일반 쓰레기] 통에 쓰레기봉투를 조심히 넣었다. 그리고 한참을 그 앞에 서 있었다. 어제 병운을 뒤로하는 것보다 이 [일반 쓰레기] 통을 뒤로하는 게 어려운 건 왜일까. 선영은 어렵게 등을 돌렸다. 집에서는 더는 백합 향이 나지 않았다. 백합 향이 나지 않는 집이라니. 집에서 백합 향이 나야 하는 것도 아닌데, 무슨 생각을 하는 거야. 책상 밑 쓰레기통은 다시 빈 통이 되었다.

"병신 새끼, 내가 어디가 냉혈한이라는 거야"

나머지 휴가 동안은 영화를 보거나 요리를 해 먹고 친구들을 만나며 시간을 보냈다. 분노와 슬픔이 가끔씩 흘러들어왔지만, 시간은 멀쩡히 잘 흘러갔다. 그리곤 다시 회사, 다시 점심시간이었다. 메뉴를 시키고 기다리는데 선배가 그래도 일주일 쉬었다고 얼굴이 밝아졌다며 스몰토크를 던졌다. 음식이 어느 정도 사라지고 배가 조금 불러올 즈음에 선배가 젓가락질을 멈추고 말했다.

"일주일 동안 뭐 했어?"
"음… 청소했어요, 청소"

안사람들 (The Dreamers)

수연은 상수역에 내려 언덕진 길을 천천히 걸었다. 저번에 왔을 때는 한여름이어서 오를 때마다 땀이 송골송골 맺혔었는데, 어느덧 해가 지나 봄이 됐다. 산뜻한 봄바람이 수연의 앞에서 뒤로 지나갔다.

카페에 다다랐을 때, 창문 너머로 앉아있는 희진이 보였다. 문을 열고 희진에게로 향했다. 희진이 읽고 있던 책을 덮었다. 헤르만 헤세의 〈데미안〉이었다. 희진은 읽고 있던 페이지에 책날개를 접어 끼운 뒤 미색 에코백에 넣었다. 대부분의 사람이 노트북을 하거나 책을 읽고 있어서 수연은 의자를 살살 꺼내 자리에 앉았다. 희진은 수연에게 웃으며 인사를 건넸다.

"오랜만이야 수연아"

"그러게, 잘 지냈지?"

희진은 여전히 뽀얀 피부에 최근 탈색을 해서 머리색이 군데군데 달랐다. 탈색을 했냐고 물으니 기분을 낼 겸 해봤다며 어깨춤에 있는 머리를 만지며 말했다. 희진은 보광동에서 망원동으로 집을 옮겼다고 했다. 보광동에 사는 걸 꽤나 자랑스럽게 여기던 희진의 모습이 생각나 희진이 어떤 계기로 이사를 하게 되었는지 궁금했다. 희진은 특유의 눈이 사라지는 말간 웃음을 지으며 보광동은 언덕이 너무 많아서 힘들었다고 말했다. "망원동도 아기자기하고 좋은 것 같더라고, 시장도 있고."라는 말을 덧붙이면서. 희진의 사소하면서도 솔직한 이유에 수연의 입가에 웃음이 번졌다. 그때부터 분위기가 조금씩 풀렸다.

*

수연과 희진이 알게 된 건 작년 여름이었다. 을지로에 위치한 바였는데, 대학교에서 알음알음 아는 선배들이 운영하는 바였다. 수연이 학교에 다닐 당시에 선배들과 친했던 건 아니었다. 그저 눈이 마주쳤는데 피할 수 없을 정도로 정확하게 마주쳤을 때

53

짧은 고갯짓으로 인사하는 정도였고, 서로의 성향을 대강 아는 정도였다. 그럼에도 불구하고 이렇게 무슨 행사가 있을 때마다 선배들은 수연에게 잊지 않고 연락을 했다. 그 이유는 졸업 후 수연의 행보가 선배들에게 나름 괜찮게 평가되고 있기 때문이었다. 수연도 그 사실을 알고 있었다. 그래서 처음엔 의아함과 불편함이 없지 않아 있었지만, 선배들이 껄끄럽게 아첨을 하는 느낌은 아니어서 괜찮았다. 늘 "와주면 좋을 것 같아"로 시작해서 "시간 어려우면 다음에 보면 되니까"라는 끝맺음으로 초대하는 게 좋았다. 그날도 그런 담백한 초대에 응한 여러 날 중 하루였다. 도착해서 선배들과 간단하게 인사를 나누고 일회용 플라스틱 잔에 선배들이 어떤 비율로 섞었을지 모르는 칵테일을 받았다. 앉을 곳이 마땅치 않아 스탠드 테이블에 잔을 올려놓은 채로 음악을 듣고 있었다. 통통 튀는 시티팝이 분위기를 한층 산뜻하게 해주었고, 수연도 점점 편안한 마음으로 무르익고 있었다. 그때, 희진이 말을 걸었다.

"테이블 좀 같이 써도 될까요?"

수연은 정중앙 가까이 놨던 잔을 테이블 가장자리 쪽으로 옮기며 긍정의 제스처를 표했다. 희진은 수연의 잔과 약간 다른 색의 술이 담긴 잔을 테이블에

안사람들 (The Dreamers)

올려놓았다. 희진은 수연을 보며 미소 지었고, 수연도 희진을 따라 미소 지었다. 희진은 편안한 티셔츠에 통이 큰 청바지를 입고 있었고, 천으로 된 냅색을 매고 있었다. 특이할 것 없는 옷차림이었는데, 특이하지 않아서 더 인상적이었다. 그곳에는 개성이 있다 못해 넘쳐 바닥에 줄줄 흘리고 다니는 사람들이 반 이상이었으니까. 타투, 피어싱, 헤어 스타일, 옷, 액세서리로 모두 자신의 개성을 마치 공작의 날개처럼 펼치고 있었다. 희진과 몇 번씩 우연하게 눈빛이 스쳤다. 희진이 수연에게 말을 걸었다. "어떻게 초대받으셨어요?" 여기 사장님들이랑 대학 선후배 사이에요. 그때 희진의 눈이 반짝였다. "그러면, 그림 그리세요?" "아니요. 저는 글 써요." 희진의 눈이 한 번 더 반짝였다. 방금과는 조금 다른 뉘앙스였다. 수연도 희진에게 같은 질문을 했다. "어떻게 초대받으셨어요?" "아, 저는 빛나 언니한테 타투를 받았어요"

수연이 다닌 학교는 예대였고, 전공은 회화였다. 대학에서 그림을 마음껏 그리는 시간은 행복했다. 그렇지만 그림으로 미래를 보장하긴 어려웠다. 그 사실은 수연뿐만 아니라 모두가 아는 사실이었고, 외면하고 지내던 동기들도 시간이 지나면서는 우울한 얼굴을 하고서 학교에 나타났다. 동기와 선배들

모두 '우리는 졸업하면 편의점 알바 신세'라는 말을 달고 살았다. 재밌는 표현이었지만 졸업 시즌이 다가올수록 그 말은 암묵적으로 금기되었다. 모두의 핸드폰에 구인구직 어플이 깔리고 있었다. 물론 수연도 마찬가지였다. 선배들은 보통 유학파와 타투 파로 나뉘었다. 간혹가다 아예 다른 일반 인문 대학으로 재입학을 하는 경우도 있었다. 빛나는 타투 파였다. 수연은 그 어떤 파에도 속하지 못하고 학교를 졸업해 알바생이 되었다. 수연은 아르바이트를 하면서 인스타그램에 낙서로 그린 드로잉을 올렸다. 거기다 그날그날의 감정을 캡션으로 달아 업로드했는데 웬걸, 반응이 괜찮았다. 정확하게는 '글'만 반응이 괜찮았다. 그림은 수연이 그렸다고 애초에 생각하지도 않는 건지 댓글에는 모두 '글 너무 좋아요', '글 너무 공감돼요'라는 말뿐이었다.

그 후로 수연은 더 길고 긴 글을 썼다. 차근차근 팔로우가 늘었다. 그리고 수연은 그것들을 편집해 독립출판으로 책을 만들어냈다. 그때부터 선배들이나 주변에 작업하는 친구들에게 연락을 많이 받았다. 빛나도 그 중 한 명이었다. 처음에는 또 껄끄러운 아부를 하는 사람이 한 명 더 느는 게 아닐까 걱정했지만, 다행히 아니었다. 빛나는 자신에게 자극이 될 작업자를 주변에 두고 싶은 마음이었다. 희진

안사람들 (The Dreamers)

과 스탠딩 테이블에서 어색하게 대화를 이어가던 중, 빛나가 수연과 희진을 발견했다. 빛나는 수연과 짧게 포옹하고, 희진과는 눈웃음으로 인사했다. 빛나는 희진에게 "와줘서 고마워요"라고 말했다. 희진이 어려워서 하는 존댓말이 아니라 예의로 하는 존댓말이라 보기가 좋았다. 희진도 "저야말로 불러주셔서 감사하죠"라고 말했다. 둘은 그때 받은 타투의 상태를 확인하느라 희진의 팔뚝을 들었다 내렸다 했는데, 수연은 그 장면을 옆에서 지켜보며 꽤 귀여운 장면이라고 생각했다. 그러다 빛나의 목에서 등으로 이어지는 피부가 빨갛다시피 익어있는 게 수연의 눈에 들어왔다.

"언니 켄드릭 라마 보느라 이렇게 된 거예요?"
"맞아. 어 근데 수연이 너는 왜 하나도 안 탔어? 너도 맥 보러 갔잖아"
"맥은 실내에서 했어요. 에어컨 솔솔 나오는 실내"
"어? 맥 콘서트 갔어요? 나도 갔는데!"

켄드릭 라마와 맥 드마르코의 공연은 같은 날이었다. 그날 사람들은 라마(Larma)파, 맥(Mac)파로 나뉘었는데, 수연은 맥(Mac)파였다. 그리고 희진도. 그날 맥은 공연 전에 "켄드릭 라마 공연도 오늘이라

고 들었다. 나에게 와줘서 고맙다"라는 식의 자조적
이고 유쾌한 멘트를 던졌었다. 그 멘트에 공연장에
있던 사람들은 유대를 느꼈고, 그 안엔 희진과 수연
이 있었다. "그러고 보니까 너네 동갑이네"라고 빛
나가 말했다. 둘은 어색하게 반말을 시작했다. 희진
은 수연에게 글을 어떻게 볼 수 있냐고 물었다. 수
연은 책이 입점하여있는 몇몇 독립서점을 말해주었
다. 경의선 숲길, 해방촌, 서대문구까지. 희진은 수
연에게 멋있다고 했고, 수연은 고개를 절레절레 흔
들었다. 그게 희진과의 첫 만남이었다.

*

그 후로 희진과는 인스타그램으로 꽤 자주 연락했
다. 만나지는 않았지만 희진과 수연은 분명하게 친
근한 사이가 되어가고 있었다. 수연은 희진에게 근
황을 전했다. 출판사에서 연락이 왔고, 최근에 계약
해서 원고를 쓰고 있다고. 희진은 처음 만난 날 했
던 감탄보다 더 크게 반응했다. 희진은 수연에게 출
판사에서 어떻게 연락이 온 건지, 어떤 식으로 진행
이 되는지 등 여러 가지 프로세스를 물어봤다. 질문
하는 희진의 눈빛에 생기가 돌았다. 그리곤 수연에
게 확신에 찬 어조로 물었다.

"수연아 우리 집 갈래?"

희진과 버스를 타고 망원동으로 이동했다. 희진의 집은 벽돌로 지어진 연립주택이었다. 조금 부서지고 낡은 주택들이 많았는데, 헝클어진 머리칼에 히피 스타일의 원피스를 입은 희진과 잘 어울렸다. 희진의 집은 3층이었다. 계단이 높게 설계됐는지 한 걸음 한 걸음이 마치 런지를 하는 것 같았다. 희진의 집 문은 연옥색이었고, 하얀색 사각형의 초인종이 있었다. 문을 여니 조그만 신발장의 희진의 운동화들이 모여있었다. 반스 체크 슬립온, 컨버스 아이보리와 핑크, 나이키 포스까지. 희진의 신발장에서 수연은 짧게 유행의 역사를 느꼈다.

희진의 집은 투룸이었는데, 주방이 분리형이었다. 희진이 인센스를 켰다. 수납장 위에서 나그참파 향이 피어올랐다. 바닥에는 인도나 태국풍 패턴의 얇은 러그가 깔려있었다. 창문 쪽에는 드림캐처가 매달려 있었고, 그 밑 선반엔 다육 식물 두 개가 있었다. 그때 달그락 소리가 나는 쪽을 쳐다보니 희진이 부엌에서 발끝을 올려 접시를 꺼내고 있었다. 위험할 것 같아서 수연은 다급히 희진에게 "내가 꺼낼까"라고 물었다. 희진 대신 투명한 유리 접시를 꺼내어 싱크대에 두려는데, 둘 곳이 마땅치 않았다. 아직 설거지가 되지 않은 접시들이 싱크대에 수북이 쌓여있었다.

"설거지를 못 해 가지고, 여기다 놔줘 수연아"

희진은 사이즈가 비슷한 접시들끼리 겹쳐 놓더니 유리 접시가 놓일만한 공간을 만들어냈다. 수연은 접시를 내려놓고 다시 희진의 뒤로 빠졌다. 둘은 무화과를 먹으며 차를 마시고 있다가 희진의 남자친구 기훈이 오면 술을 마시기로 했다. 무화과의 물렁물렁한 식감에서 과즙이 터져 수연의 입안에 담겼다. 얼그레이 차도 한 모금 마셨다. 전체적으로 밍밍한 맛이었지만 나그참파 향과 따뜻한 차를 마시니 마음이 풍부해졌다. 수연은 집안 전체를 둘러봤다. 책장에는 독립출판 서적이 몇 권, 알랭 드 보통과 하루키 몇 권 정도가 섞여 있었다. 벽에는 영화 포스터나 일러스트 같은 것들이 곳곳에 붙어 있었다.

기훈이 종량제 봉투 한가득 장을 봐왔다. 작년에 을지로 바에서 스치듯 봤던 터라, 제대로 보는 건 처음이었다. 기훈은 오버사이즈 반소매 셔츠를 입고 있었는데 팔 군데군데 조그만 타투가 눈에 띄었다. 전체적으로 희진과 비슷했다. 희진과 있을 때 어울리는 모습의 남자였다. 기훈과 "안녕하세요"라는 존댓말로 인사를 했다. 기훈이 손을 내밀었고, 짧게 악수했다. "수연 씨? 글 쓰신다고 들었어요." "네 맞아요." 기훈은 일을 하고 와서 샤워하고 나오겠다고 했다. 그동안 희진은 음식을 하기로 했다. 가만히 앉아있기가 뭐해 희진을 돕기로 했다. 사실, 수북이 쌓여있는 접시들이 눈에 밟혔다. 워낙 그때그때 설거지를 하는 습관인 수연은 그 광경을 보고 있기가 어려웠다. 수연이 고무장갑을 끼자 희진은 반달 웃음을 지었다. 수세미에 세제를 묻혀 그릇을 하나하나 닦아냈다. 그사이 희진은 고기와 알배추를 겹겹이 쌓아서 잘라 냄비에 가지런히 놓았다. 또 한 번 희진이 앞접시를 꺼내려고 손을 뻗었다. 이번에도 수연은 자신이 꺼내겠다고 어떤 접시인지 알려달라고 했다. 이번엔 패턴이 있는 파란 접시였다. 수연은 접시를 내려놓고 희진에게 물었다.

"너한테 좀 높은 것 같다. 안 불편해?"
"응 그래서 기훈이가 꺼내"
"그럼 혼자 있을 때는 어떡해?"
"기훈이를 기다려야지"

희진이 웃으면서 말하는 탓에 농담인지 진담인지 구분되지 않았다. 하지만 만약 진담이라면, 아마 희진과 가까이 지내지는 못할 거라는 생각이 불현듯

스쳤다. 그사이 씻고 나온 기훈이 집안 여기저기를 살폈다. 설거지를 마친 수연은 다시 할 일이 없어졌으므로 기훈이 찾는 걸 돕고 싶었다. 기훈에게 무엇을 찾느냐고 물었다.

"고지서가 없어. 분명 여기다 뒀는데"

전기요금 고지서를 잃어버렸다고 했다. 분명 신발장 위에 두었는데 사라졌다고. "희진아 여기다 놓지 않았나? 저번에 여기 있었던 것 같은데"라고 부엌에 있는 희진에게 큰 목소리로 말했다. "글쎄"라고 희진이 대답했다. 수연도 나름대로 고지서를 찾아보았다. 손으로 이것저것 들추는 건 예의가 아닌 것 같아 눈으로만 요리조리 살폈다. 수연은 주로 탁자나 선반, 수납장 위를 찾고 있었는데 기훈은 조금다른 곳을 찾아보고 있었다. 다육 식물의 화분 아래, 건조대 근처, 그릇 찬장 같은 곳.

"고지서가 그런데 있을 수도 있어요?"
"저번엔 빈 신발 박스에서 찾았었거든요"

수연한텐 일어나지 않을 일이어서 놀라기도 했지만 그래서 또 웃기기도 했다. 정말이지 전혀 다른 사람들이라는 느낌이 들었다. 그때부턴 수연도 집안을 위아래로 훑어봤다. 주방에서는 밀푀유나베 냄새가 솔솔 풍겼다. 언제 맸는지, 희진은 귀여운 패턴의 앞치마를 두른 모습이었다. 기훈은 고지서를 찾고, 희진은 앞치마를 매고 저녁을 하고. 둘의 일상이 수연의 눈 앞에 펼쳐지고 있었다. 때마침 햇빛이 창문을 통과해 러그와 책장 위로 스며들었다. 질서 없이 늘어져 있던 모든 것들이 반짝이고 투명하게 빛났다. 어쩌면 짧지만 아름다운 이 찰나를 위해 희진과 기훈이 이렇게 배열해뒀다는 생각까지들 정도로 그것들은 아름다웠다. 결국 고지서를 찾지 못한 채로 식탁에 앉았다. 밀푀유나베가 가운데에 있었고, 샐러드가 옆에 놓였다. 기훈은 냉장고에 있던 샤도네이를 꺼냈다. 각기 다른 잔에 술을 채웠다. 샤도네이는 시원하고 달큰했다. 희진이 접시를 가져가 건더기를 골고루 덜었다. 이어서 기훈의 접시에도 덜어줬다. 둘은 수연이 "맛있다"고 말하니 그제서야 안심하고 음식을 먹었다. 기훈은 배가 고팠는지 조금 빠른 속도로 접시를 비웠다. 카나페도 몇 점 집어먹고 나서야 기훈이 잠깐 식사를 멈췄다. 그리곤 수연에게 아까 했던 말을 다시 했다. "글 쓰신다는 거 희진이한테 들었어요. 그때 을지로에선 짧게 봬 가지고" 희진은 수연과 기훈의 대화를 조금 뿌듯하게 바라보고 있었다. "어떤 글을 쓰세요?" "소설을 써요." 수연은 최근 쓴 것 중에서 애착이 가는 소설의 줄거리를 대충 말했다. 기훈의 눈이 반짝였다. 희진의 눈빛과 닮은 눈빛이었다.

"수연이 완전 멋있지"
"그니까 수연 씨 너무 멋있는데요?"

멋있다는 말은 수연이 독립출판으로 책을 내기 시작한 시점부터 자주 들었던 말이다. 처음에는 듣기 좋았지만 어느 순간 그 말을 들을 자격이 되나 싶었다. '세상에는 책이 이렇게 많은데. 내 책은 그중 하나일 뿐인데. 내가 글을 쓰는 사람이라는 걸 설명하기 전까지는 아무도 나를 모르는데.' 그래서 그 말만 들으면 수연은 반사적으로 고개를 절레절레 흔들었다. 희진과 처음 만났던 날 그랬던 것처럼. 오늘도 다를 건 없었다. 그들의 의도 없이 순수한 칭찬도 받아들이지 못하고 죄 없는 샤도네이만 벌컥벌컥 마셨다. 그런 수연을 보고 희진과 기훈도 잔을 비웠다.

"우리가 작업 모임을 생각 중인데, 괜찮으면 수연 씨도 같이하는 거 어때요?"

기훈이 술을 따르며 모임에 관해 설명했다. 전부터 해왔던 이야기인지 희진은 기훈의 한마디 한마디에

안사람들 (The Dreamers)

고개를 끄덕이며 음식을 천천히 씹었다. 희진과 기훈이 영화를 하고 싶어 하는 동생을 한 명 아는데, 그 셋에다 수연까지 총 넷이서 정기적인 작업 모임을 하자고 했다. 서로 피드백도 주고받고, 괜찮으면 협업도 하는 모임.

"기훈 씨는 어떤 작업 하세요?"
"저는… 타투요. 여기 팔에 있는 거 제가 한 거예요"

기훈은 팔의 타투를 가리키며 말했다. 수연의 시선은 자연스럽게 희진에게 옮겨갔다. "나는… 아직 찾아가고 있어 가지고" 희진이 머쓱한 웃음을 지었다. 남은 샤도네이를 비웠다. 희진과 기훈이 정류장까지 바래다준다고 잠깐 셋이 걸었다. 길가의 나뭇잎이 부딪히는 소리가 듣기 좋았다. 이 소리도 아까의 햇빛처럼 이들에게 사랑의 순간일 거라는 생각이 들었다. 그때 수연은 왠지 이들과 함께여도 괜찮을 것 같다는 생각이 들었다. 정류장에 도착해서 수연이 말했다.

"그래서, 작업 모임은 언제?"

*

영화하는 남동생 성진까지 넷이 집에 모였다. 성진의 머리는 어깨쯤에 닿아있었고, 코에 피어싱이 있었다. 서로 자기소개를 했는데 알고 보니 수연과 같은 대학이었다. 아마도 영화과와 회화과는 전혀 다른 건물에서 수업을 들어서 오며 가며도 보지 못했을 거라고 수연은 생각했다.

"영화과는 본관 쓰잖아요. 나는 회화과라서 못 봤나보다"

수연의 말에 셋이 동시에 웃었다. 기훈과 희진은 같은 종류의 웃음이었는데, 성진은 조금 다른 웃음이었다. 성진은 살짝 고개를 숙였다가 다시 들어서 말했다.

"그거보다 제가 학교를 잘 안 나가서 못 봤을 거예요"

뒤늦게 웃음의 뜻을 알아차리고 수연도 따라 웃었다. 졸업도 아직이라고 했다. 수업이 안 맞았냐고 물으니 그저 자취를 하다 보니 계속 집에만 있게 됐다고 했다. 모두 각자의 작업을 꺼냈다. 실물이어도 괜

찮고, 사진으로 보여줘도 괜찮았다. 기훈은 공책, 성
진은 유튜브 링크, 희진은 컵과 작은 니트 파우치,
수연은 독립 출판 책을 올려놓았다. 차례대로 돌아
가며 설명을 시작했다. 기훈은 "그려났던 도안인데"
라며 공책을 열었다. 선으로 그려진 나비가 양쪽에
그려져 있었다. 한 장에 한 마리씩. 기훈이 한 장을
넘겼다. 왼쪽 바닥에 나비가 있었다. 총 세 마리.

"아 내가 요즘 일이 많아 가지고…"

나비 세 마리가 기훈의 작업이었다. 1분도 채 지나
지 않았을 시간에 기훈의 작업 설명이 끝났다. 다음
은 성진이었다. 성진은 입시 할 때 만들었던 영상을
틀었다. 그 속엔 마른 여자가 나른한 눈빛으로 카메
라를 응시하고 있었다. 그러다 남자가 등장하고, 남
자와 이별의 대화를 나눈 뒤 남겨진 여자 혼자 담배
를 피우는 영상이었다.

"이건 주제가 뭐였어요?"
"이별이죠"
"아…"
"나중에 과제로도 한 번 낸 적 있었는데, 처음으
로 A 받았던 영상이에요"

이별에서도 어떤 부분에 포커스를 맞춘 거냐고 물었는데, 성진은 기억이 잘 나지 않는다고 말했다. 수연은 어떤 말이 적당할지 인지되지 않았고 그저 모델분 눈빛이 좋은 것 같다고 말했다. 그 말에 성진도 좀전의 기훈과 희진처럼 안도하는 눈치였다. 희진의 차례였다. 컵과 니트 파우치를 만지작거리며 자신이 만든 거라고 했다. 수연은 어떻게 만든 거냐고 물었다. 희진은 얼마 전 인스타그램으로 팔로우를 하는 사람이 원데이 클래스를 열어 만들게 됐다고 했다. 컵의 모양이 조금 특이했는데, 그 모습이 꽤 재밌게 느껴져 이걸 좀 더 응용해보는 건 어떻겠냐고 제안했다. 희진은 "아 근데 생각보다 좀 비싸서…."라고 대답했다. 수연의 차례였다. 수연은 책을 보여주고, 책의 전반적인 글 내용과 현재 쓰고 있는 소설에 관해서 이야기했다. 중간쯤엔 별걸 다 이야기하나 싶었지만 셋이 끊임없이 연달아 질문을 해서 작업의 과거, 현재, 미래까지 모두 이야기하게 되었다.

"첫 회동은 이 정도로 하고… 뭐 시켜 먹을까?"
"우리 간만에 피자 시켜 먹자!"

담배를 피우며 기훈과 희진이 말했다. 오늘은 이렇게 끝인 건가. 수연은 맥이 풀리며 허무한 기분에

안사람들 (The Dreamers)

사로잡혔다. 치킨을 기다리는 동안 성진이 수연과 희진의 첫 만남을 궁금해해서 이야기했다. 을지로의 바에서 만나게 됐다고.

"그런 거 있으면 나도 좀 불러주라니까. 그런데에 가서 얼굴도 비추고 그래야 잘되지"

희진과 기훈은 "알겠어, 알겠어"라며 성진의 앙탈을 받아줬다.

*

이후 그 모임은 시간을 내서 만나는 것이 아니라, 시간이 나면 만나게 되었다. 작업 모임이라기보단 작업에 대한 추상적인 얘기를 안주 삼아 술을 마시는 모임으로 말하는 게 가까웠다. 몇 번은 즐거웠으나 늘 편의점 와인을 비우며 과거 얘기만 되풀이하는 데 감정적으로 진력이 났고, 상황적으로도 원고 마감이 다가오고 있었기 때문에 그런 소모적인 모임에 참여하기 어려웠다. 단체 대화방도 점점 죽어가고 있었다.

그러다 수연이 셋을 다시 만나게 된 건 그다음 해초, 을지로에서였다. 그 셋과 약속을 했던 건 아니었

다. 빛나가 수연의 소설집 출간 파티를 하고 싶다고
했다. 이미 출판사에서 잡아놓은 북 토크가 조만간
잡혀있긴 했지만, 그거와는 별개로 캐쥬얼한 축하
를 지인들끼리 하는 게 어떻겠냐고 제안했다. 이번
에도 만약 시간이 어려우면 북 토크를 마치고 뒤풀
이처럼 나중에 해도 괜찮다는 멘트와 함께. 수연은
쑥스러워 잠깐 망설였지만, 축하를 잘 받아보는 것
도 나쁘지 않을 일이라고 생각해 그러겠다고 했다.

  오늘도 가게는 귀엽고 사랑스러웠는데, 그건 빛나
가 배경음악으로 맥 드마르코의 노래를 선정한 부
분이 컸다. 살랑살랑한 멜로디에 사람들이 웃으며
술을 한 모금씩 마시고 있었다. 수연은 빛나의 주변
사람들과 인사를 나눈 뒤 작업 얘기를 하고, 인스타
그램을 팔로우하는 과정들을 반복했다. 그러다 뒤
에서 누군가 수연의 어깨를 톡톡 쳤다. 희진, 기훈,
성진이였다. 그들의 손엔 웰컴 드링크가 들려 있었
다.

  "책 나온 거 축하드려요 작가님"

  그들은 그렇게 인사했다. '작가님'이라는 호칭을
붙여서. 얘기를 나누고 있던 빛나의 지인들이 그 무
리와 살짝 웃으며 인사했다.

"친구분들?"
"아 저희, 수연 누나랑 같이 작업 모임했던 친구
들이에요"

순간 성진의 과장된 말에 놀라 성진을 올려다봤다.
희진과 기훈은 아무렇지 않게 성진의 말을 듣고 있
었다. 그걸 작업 모임을 했다고 말할 수 있나? 첫 목
적은 그랬지만 그저 술 모임으로 그쳐버린 그 일을
그렇게 말해도 되는 건가? 수연은 그 셋의 뻔뻔한
말에 왠지 부끄러워졌다. 그런 수연의 상태를 읽었
는지 기훈이 다급하게 말을 덧붙였다.

"아 뭐, 이제는 그냥 가끔 만나 노는 걸로 바뀌었
지만 뭐, 작업이란 게 놀면서 생기고 그런 거 아
니겠어요?"

이어서 저희는 망원동 살아요, 저는 타투해요, 저
는 영화해요. 라는 말들이 오갔다. 사람들이 그들
을 흥미롭게 바라봤다. 그러다 한 사람이 작업 계
정이 있냐고, 팔로우하고 싶다고 말했는데, 성진은
"아 시작한 지 얼마 안 돼서…"라고 대답했다. 기훈
은 계정은 없지만 그런 걸 보여주겠다며 핸드폰을
꺼냈다. 그날 그 나비였다. 순간 수연은 웃음을 참을
수 없어 빛나에게 술을 한 잔 더 마시고 싶다고 말

하며 자리를 빠져나왔다. 빛나를 따라 바 테이블로 이동했다.

"작년에 보고 친해졌나 보네? 작업 모임도 하고"
"그냥… 술 마시고 노는 모임이죠 뭐"
"그거 뭔지 알아. 쟤네도 몽상가들이구나? 희진이 쟤가 이사벨, 저 옆에 쟤 남자친구가 테오, 저 어린 남자애가 매튜인건가?"

빛나의 찰떡같은 비유에 수연이 소리 내 웃었다. 수연은 대학교 때 처음 봤던 〈몽상가들〉을 떠올렸다. 집안에서 영화와 음악, 책에 관해 무수한 담론을 나누지만 정작 밖으로 나가는 일을 두려워하는 주인공들. 담론은 길고 실행은 하지 않는 몽상가들. 언젠가 저런 부류의 친구들에 대해서 글을 써볼까. 그렇다면 〈몽상가들〉 말고 〈안사람들〉이라는 제목이 좋을 것 같다. 수연은 멀찍이 떨어진 자리에서 희진, 기훈, 성진을 바라보았다. 그들은 여전히 아름다웠다.

은희와 경선

경선은 옷장에서 얼마 전에 산 네이비 트렌치코트를 꺼냈다. 어둡고 투명한 갈색 단추가 달려있고 허리에는 다트가 들어가 깔끔해 경선의 옷 중에서 가장 고급스러워 보이는 옷. 23만 원이라는 금액이 조금은 부담스러웠지만 좋아 보이고 싶은 날엔 꼭 입고 싶었다. 오늘은 경선이 바로 그 트렌치코트를 처음 입는 날이다. 스트라이프 셔츠에, 회색 슬랙스를 입고 트렌치코트를 걸쳤다. 나가기 전 신발장 거울 속으로 한 번 더 확인한 후, 심호흡하고 집을 나섰다. 경선은 자신도 모르게 올라가는 입꼬리가 부끄러워 고개를 숙인 채 지하철 계단을 내려갔다. 오늘은 은희를 만난다. 은희가 돌아왔다.

지난 2월, 은희는 상수역 호프집에서 맥주잔을 내

려놓으며 말했다. 3개월 동안 인도로 여행을 갈 거라고. 경선은 순간 잘못들은 줄 알았지만 은희의 표정이 정확했다. 인도행 비행기표는 이미 끊었고, 계획을 준비 중이라고 했다. 경선은 머뭇거리다 무엇이 은희를 인도로 향하게 했는지 물어봤다. "그냥 좀, 혼자 있고 싶어서." 은희의 대답이었다. 여름이 시작되면서 은희는 인도로 떠났다. 경선은 잠들기 전 새벽에 미리 메시지를 보냈다. [잘 가, 은희야. 조심하고]

아이보리색 니트에 카키색 바지를 입은 은희가 낙원상가 앞에 서 있었다. 경선이 은희를 발견했다. 둘은 서로를 꼭 껴안았다. 은희와 경선은 고등학생 때 자주 가던 카페에 들어갔다. 어느덧 이 동네에서 산 지도 10년이 넘어 많은 가게가 바뀌었지만, 그 카페만큼은 그대로였다. 넓고 쾌적한데다 재즈 음악만 나오고, 화장실도 흡연실도 내부에 구비 된 카페. 고로 둘에겐 모든 게 완벽한 카페. 은희와 경선은 커피를 시키고 담배를 태우러 테라스로 나갔다. 카페 사장님이 경선과 은희를 따라 나왔다.

"두 분 오랜만이네요"

사장님과 경선, 은희 세 사람이 같이 담배를 피웠

은희와 경선

다. 교복을 피고 와플에 생과일주스를 먹던 둘은 이 제 아메리카노를 시켜놓고 사장님과 담배를 태우며 대화를 하고 있었다. 은희는 사장님에게 그동안 자 신이 여행 중이었다는 사실을 말하며 간단하게 안 부를 전했다. 다시 자리로 돌아오는 동안 은희가 카 페를 구석구석 훑어보곤 말했다.

"신기하다. 이 카페는 그대로야."
"그러니까 말이야. 근데 우리도 그대로 아닌가?"
"교복 입고 다니다가 사장님이랑 맞담 하는데?"
"그렇네"

은희의 콕 찌른 지적에 경선이 어깨를 으쓱하며 웃었다.

*

"은희야 나 너희 학교로 전학 가"

경선이 은희에게 그렇게 말했다. 은희와 경선은 경 선이 다니고 있는 보습학원에서 만났다. 그 나이 여 자아이들이 대부분 그렇듯 아이들은 모두 같이 다 녔고, 경선도 자연스레 은희의 무리와 같이 다니게 됐다. 아이들은 다들 생기발랄하고 귀여운 성향이 있는데, 은희는 말이 없고 무뚝뚝한 편이었다. 그래서 경선과 단둘이 이야기를 한 적은 없었는데, 방학이 끝날 무렵 경선은 은희를 붙잡고 그렇게 말했다. "은희야 나 너희 학교로 전학 가." 생각지도 못한 일이어서 은희는 살짝 당황했지만 그렇지 않은 척하며 "이제 자주 보겠네. 언제 와?"라고 다정하게 말했다. 그게 둘의 첫 대화였다.

경선이 학교에 처음 등교하는 날, 경선은 은희에게 학교에 같이 들어가는 걸 부탁해도 되겠냐고 했다. 정문에는 은희와 똑같은 옷을 입은 경선이 서 있었다. 어색하게 손 인사를 했다. 은희는 정문을 통과하면서 경선에게 집은 어디고, 기분이 어떻냐는 둥 이런저런 말을 건넸다. 경선은 웃으면서 하나하나 천천히 대답했는데, 긴장이 묻은 말투에 둘은 웃음을 나눴다. 아쉽게도 둘은 같은 반은 아니었다. 그렇지만 멀리 있는 반도 아니었다. 은희의 반이 조금 더 일찍 끝나 은희는 경선의 반 앞에 서 있었다. 학교 애들 사이에 경선이 앉아있었다. 학원에서는 그냥 같이 다니는 친구라고만 생각되던 경선이 이제는 정말로 은희의 친구처럼 느껴졌다. 경선과 은희는 함께 계단을 내려가고, 정문을 나섰다.

"은희야 혹시 이번 주 목요일에 영화 보러 갈

래?"

"무슨 영화?"

"그냥 개봉한 거 아무거나. 영화 보고 밥 먹고 놀
자"

당시 은희는 학교가 끝나고 친구랑 뭘 한다는 게
생경했다. 딱히 그렇다 할 친구가 없었기도 했고, 사
고가 유연하지 않기도 했다. 학교가 끝나면 집으로
가야 한다고 생각했고, 어떤 영화를 봐야 해서 영화
관에 가는 게 아니라 같이 시간을 보내려 영화를 본
다는 것도 은희에게는 생각하지 못할 일이었다. 은
희는 잠시 생각하다 경선에게 그러자고 대답했다.

수업이 끝난 후, 버스를 타고 충무로 대한극장에
갔다. 시간이 가장 적당한 영화는 〈슈퍼 히어로〉라
는 영화였다. 은희는 경선에게 무슨 영화인지 아느
냐고 물어봤다. 경선은 모른다고 했다. 경선도 은희
에게 같은 질문을 했다. 은희도 경선과 같은 대답을
했다. 경선은 미소를 지으며 매표소로 사뿐사뿐 걸
어갔다.

"슈퍼 히어로 두 장이요"

둘은 모르는 영화를 기다렸다. 경선은 반에서 말

을 나눈 친구들에 대해 이야기했고, 은희는 그 친구들의 특징에 관해 설명해줬다. 그 친구는 달리기 엄청 잘해, 그 친구는 너랑 가까운 동네 살아. 그런 얘기를 하다 보니 금세 상영 시간이 다 되었는데, 영화관 층에는 경선과 은희 둘뿐이었다. "들어가면 우리밖에 없는 거 아냐"라고 농담을 했는데 정말로 은희와 경선 둘뿐이었다. 영화가 시작됐다. 한 40분쯤 흘렀을까. 경선과 은희는 서로를 곁눈질하다 눈이 마주쳤다. 경선이 고개를 기울여 말했다.

"나갈래?"

은희와 경선은 영화관을 나왔다. 영화관 아르바이트생은 깔깔거리며 웃는 둘을 쳐다봤다. 은희는 경선에게 살면서 영화보다가 나온 적이 처음이라고 말했고, 경선은 자신도 마찬가지라고 말했다. 둘은 함께 영화를 보다가 나온 경험을 공유한 사이가 되었다. 거리를 걸었다. 춘추복을 입은 둘은 가벼운 바람을 맞으며 건물 사이를 가로질렀다. 거리는 익숙한데 이런 느낌은 처음이었다. 아마도 둘이서만 만난 게 처음이기 때문에 그럴 것이라고 짐작했다. '미소야'라는 이름을 가진 돈가스 식당에 들어갔다. 배가 고파서 그랬는지, 영화를 보다 나온 게 웃겨서 그랬는지, 돈가스가 매우 맛있게 느껴졌다. 경선은

　　　　　　　　　　　은희와 경선

돈가스가 맛있다고 말하며 미소를 지었다. 사실 정말 맛있다는 생각이 들었다기보단 안정감과 편안함을 느끼고 있어서 그렇다는 걸 어렴풋이 알았다. 그렇지만 경선은 그렇게 말했다. 돈가스가 맛있다고. 식당을 나와서 공원을 걸었다. 공원 분수에선 물이 솟아 나왔다가 가라앉기를 반복했다. 둘은 벤치에 앉았다. 노을이 지고 있었다.

"너무 좋다."

경선은 말을 하고 놀랐다. 하려고 한 말이 아니라 이미 입에서 뱉은 말이었다. 은희도 경선을 쳐다보며 "나도"라고 말했다. 은희는 경선에게 꿈이 뭐냐고 물었다. 경선은 경선의 마음속에 늘 명확히 있었지만 아무에게도 하지 않았던 말을 꺼냈다. 사진을 찍고 싶어. 경선은 카메라도 없는 본인이 그런 말을 하는 게 말이 안 된다고 생각해왔는데, 은희는 아무렇지도 않은 표정으로 고개를 끄덕였다.

"나도 너랑 비슷해. 아닌가 좀 다른가? 난 PD가되고 싶어"
"어떤 PD?"
"다큐멘터리 PD"

은희는 세계 곳곳을 돌아다니며 많은 걸 담고 싶다고 했다. 우리가 오늘 이렇게 만나게 된 건 이래서였구나. 은희는 경선에게, 경선은 은희에게 유대를 느꼈다.

*

그로부터 1년이 지난 3학년 때, 은희는 내신 커트라인이 아슬아슬해 '인문계 꼴등보다는 전문계 1등이 되자'라는 생각으로 전문계 진학을 원했다. 은희의 가족들은 그런 은희의 생각을 지지하지 않았다. '전문계 1등보다 인문계 꼴등이 돼라'가 가족들의 의견이었다. 경선도 비슷했다. 딱히 인문계 고등학교에 진학하고 싶지 않았던 생각을 밝혔지만 받아들여지지 않았다. 여전히 둘은 많은 얘기를 했지만 꿈 얘기는 전처럼 하지 못했다. 어쩌다 시작된 날엔 되도록 이야기를 빨리 끝냈다.

은희는 가족의 반대를 무릅쓰고 끝끝내 전문계 고등학교에 진학했다. 전문계 1등이 되겠다던 은희는 정말로 첫 시험부터 전교 1등을 하기 시작했고, 줄곧 그 자리를 놓치지 않았다. 오히려 공부를 하지 않는 건 경선이었다. 경선은 공부 따위는 쳐다보지도 않았다. 수업 시간 내리 잠만 잤으며 친구들을

은희와 경선

보러 학교에 갔다. 그즈음 영운이라는 이름을 가진 첫 남자친구도 생겼다. 은희는 주말에도 독서실에 나가 공부를 했고, 경선은 평일 주말 할 것 없이 이 곳저곳을 놀러 다녔다. 가끔 운이 좋으면 영운과 몰래 술을 마시기도 했다. 고3이 되면서 핸드폰을 없애고 공부에 집중하는 것도 경선이 아니라 은희였고, 독서실을 다니며 새벽까지 공부를 하는 것도 경선이 아니라 은희였다. 그런 생활이 계속되다 보니 오히려 은희가 쓸 수 있는 대학이 많아졌고, 경선이 쓸 수 있는 대학이 적어졌다. 은희네 가족이 품었던 걱정은 점점 희망으로 바뀌었고, 경선의 가족에겐 불안이 퍼지고 있었다.

*

은희가 한국으로 돌아왔지만 둘이 자주 볼 수 있는 건 아니었다. 은희는 다시 복학했고, 토익과 스터디 등 졸업에 필요한 조건들을 맞추느라 시간이 없었다. 학교에서 늦은 저녁까지 공부하다 자취하는 동기의 집에서 잠드는 날도 많았고, 과 회식 때문에 벌게진 얼굴로 어렵게 막차를 타고 돌아오는 날도 많았다. 그 무렵 경선은 집 근처 화장품 가게에서 아르바이트를 시작했다. 그날도 은희가 조별 과제를 마치고 동네에 밤 10시쯤 도착한 날이었다. 직진을 하다 우연히 고개를 돌린 곳엔 경선이 서 있었다. 경선이 근처 포장마차에서 혼자 술을 마시고 있었다. 은희는 경선의 옆에 앉았다. 경선이 갑자기 가방에서 바르는 팩을 꺼냈다. 매장에서 이번에 새로 나온 팩이라며 은희에게 건넸다.

"바르고 미온수로 씻어내면 된대. 근데 은희야. 미온수에서 중요한 건 '온'이 아니라 '미'래"
"응?"
"미온수라는 단어를 들으면 따뜻한 물을 떠올리잖아. 근데 그게 아니라 '약간'이라는 뜻을 가진 '미'가 중요한 거래. 약간 '따뜻한' 물이 아니라, '약간만' 따뜻한 물. 그러니까 차가운 물에 가까운 물"

경선은 '미온수'라는 단어에 대해서 열심히 알려줬다. 사실 어떤 온도의 물이던지 적당히 끼었으면 지워질 터인데, '온'보다 '미'가 중요하다는 걸 꼭 알아야 하는 정보처럼 이야기했다. 팩보다 '미온수'에 대한 설명이 선물로 느껴질 만큼. 은희는 경선의 설명을 들으며 경선을 쳐다봤다. 경선의 표정과 목소리의 목적지가 은희인지 묻고 싶었다. 담배를 태우러 나갔다. 경선은 고개를 들어 가로등 빛을 빤히 보면서 은희에게 물었다. "은희야 너는 담배 왜 피

은희와 경선

위." 은희는 경선의 질문이 어떤 마음에서 출발했는지 추측하다 조금 늦게 대답했다. "남들이랑 똑같아. 호기심에 피웠는데 여적 피는 거지 뭐. 경선이 너는 왜 피워." 은희가 물었다. 경선은 이렇게 대답했다.

"있잖아, 은희야, 나는 시간이 너무 많아"
"시간?"
"영운이랑 헤어졌거든, 나"

경선의 시선이 방향을 잃고 고개를 숙였다. 은희는 무슨 말이냐고, 더 설명해달라고 했다. 꽤 취해서 비틀거리는 몸으로 담배 연기를 사방으로 흩날렸다. 은희는 우선 오늘은 집에 가자고 말하며 일어나려는데 경선은 계속해서 조금 더 마시고 싶다고 했다. 경선은 힘이 빠진 목소리로 말했다.

"나도 대학, 갈걸. 좀 후회된다. 아니지, 은희 너처럼 열심히 해야 갈 수 있는 건데 말야"

영운은 경선과 장장 8년이라는 시간을 함께 보낸 남자친구다. 경선과 영운은 연인 사이였지만 좋은 사이는 아니었다. 함께 망가지는 사이였다. 같이 학교에 가지 않고, 같이 술을 마시고, 같이 도망치고,

같이 숨었다. 경선의 모든 시간은 영운을 향해있었고, 영운이 곁에 없을 때는 핸드폰이 곧 영운이었다. 경선은 취미랄 것도 없었다. 어떤 경험을 이야기해도 늘 '영운'의 이름이 빠지지 않았다. 영운이도 그거 좋아하는데, 영운이랑 거기 가봤는데, 영운이가 얘기해줬는데. 은희는 경선의 그런 모습을 볼 때마다 단순히 '많이 좋아하네'라고 생각했었다. 하지만 오늘 은희는 느꼈다. 경선이 어딘가 불안하게 성장하고 있다는 걸.

은희는 경선 몰래 영운과 약속을 잡았다. 만나주지 않을 거라는 예상과는 달리 영운은 흔쾌히 만나자고 했다. 영운의 회사 근처에서 만났다. 고등학생 때와 20대 초반에 동네에서 스치듯 보았던 게 전부였다. 영운은 살이 조금 붙어서 얼굴이 전보다 둥그스름해져 있었고, 늘 보던 맨투맨이 아닌 셔츠에 재킷 차림이었다. "나와 줘서 고마워." 은희가 말문을 열었다. "나도 할 말이 있어서 나온 거야." 영운이 그렇게 말했다. 영운은 덤덤한 표정이었다.

"경선이 얘기를 하고 싶어"

은희는 혹시나 선을 넘는 행동을 하는 건 아닐까 싶어 눈빛, 말투, 목소리 모든 것에 최대한으로 무해

은희와 경선

함을 담았다. 영운은 그런 은희를 눈치챘는지 은희의 말을 끊지도, 덧붙이지도 않고 은희가 시작한 말을 은희 스스로 끝낼 때까지 가만히 들었다. 그러다 몇 초 정도는 은희와 눈을 마주치며 고개를 끄덕이기도 했다. 은희의 말이 끝나고, 영운은 천천히 준비해온 말을 꺼냈다.

"8년을 만났어. 어렸을 때 만났으니까 어영부영 시간이 빠르게 흐른 것도 있었지. 너도 알다시피 우린 건강한 사이는 아니었어. 같이 망가졌지. 같이 있는 거에 정신 팔려서 같이 대학도 못 갔고. 그래도 어떻게 내가 일을 구하게 됐어. 운이 좋았지. 예전에 아르바이트했던 곳에서 친했던 형이 연결해줬거든. 그래서 기뻐서 경선이한테 바로 알렸어. 그런데 경선이 표정이 안 좋은 거야. '그럼 나는 어떡해.' 경선이가 그렇게 말했어. 경선이가 이기적이라고 생각하진 않아. 어쩌면 충분히 가질 수 있는 마음이라고 생각해. 하지만 그걸 뱉어야 했을까. 은희야, 나는 경선이가 아직도 고등학생 같아. 거기서 멈춘 것 같아"

은희는 3개월 동안 인도에 간다고 했던 그 날이 떠올랐다. 어쩌면 경선이가 나에게도 저 말을 하고 싶었던 게 아닐까. '그럼 나는 어떡해.' 순간 경선의 목소리가 들렸다. 경선의 얼굴과 함께 겹쳐진 채로. 은희와 영운의 공간에 침묵이 흘렀다. 둘 다 경선을 떠올리고 있었다.

"은희야, 경선이가 나랑 은희 너를 많이 사랑하는 거 알지"
"알지"
"근데 경선이는 너랑 나 없이 살 줄 알아야 돼"
"그게 무슨 말이야?"
"솔직히 너나 나는 경선이 없어도, 살 수 있잖아"

무서운 말이었다. 부정하기 어려워서 무서운 말이었다. 은희는 경선을 생각했다. 분명 둘도 없는 친구가 맞는데 왜 지금 영운의 말이 너무도 무서울 만큼 정확하게 느껴지는 걸까.

"왜 그렇게 생각해?"
"다 보여. 내가 경선이를 좋아하는 것보다 경선이가 날 더 좋아하는 거. 네 눈에 보이잖아. 내 눈에도 보여"

그 말은 은희의 머릿속에서 계속해서 공회전했다. 이따금 거리를 걸을 땐 듣던 음악이 거슬릴 정도였다. 은희는 이어폰을 빼버렸다. 어떤 걸까. 어떤 게

은희와 경선

지금 빠져있는 걸까.

*

은희는 경선에게 의식적으로 연락했다. 잠은 잘 잤니, 꿈은 안 꿨니, 밥은 먹었니, 맛있었니, 오늘은 뭐할 거니. 은희가 그렇게 물으면 경선은 조잘조잘 아기 새처럼 대답했다. 은희는 그런 경선이 사랑스러우면서도 애처로웠다. 같은 교복을 입고 같은 생각을 하고 같은 얘기를 하던 우리는 어디로 간 걸까. 은희는 경선에게 만나자고 했다. 술집에 도착하니 경선이 전보다 훨씬 밝은 얼굴로 은희에게 손을 흔들었다.

"컨디션 좋아 보이네"
"나 잘돼가는 사람 생겼거든."
"진짜? 어떤 사람?"
"그… 술집에서 합석, 하하"

경선은 어색한지 웃음소리를 정말로 '하하'라고 정확하게 발음했다. 경선의 눈빛은 어딘가 어색하고 살짝 빗나가 있었다. 에피소드는 이랬다. 아르바이트를 끝내고 경선을 포함해 3명의 직원이 술집에 갔다. 한 직원이 일찍 가봐야 해서 경선과 다른 직원 둘만 남았고, 그때 들어온 남자 둘이 같이 술을 마시자고 했다. 그중에 한 명과 연락을 하고 있고 가끔 보고 있는 상황. 얘기를 듣는 내내 은희는 웃을 수 없었다. 이런 건가. 경선이가 사는 건 이런 건가. 경선인 이렇게 사는 건가. 은희는 망설이다 입을 뗐다.

"나 영운이 만났어"

경선이 화들짝 놀랐다. 순식간에 표정이 저번 주의 표정으로 바뀌었다. 경선은 어떤 얘기가 나올지 긴장이 됐는지 침을 꼴깍 삼켰는데, 은희의 눈에 보일 정도였다. 은희는 쉽게 입을 뗄 수 없었다. 경선은 제발 말해달라고 했다. 은희는 낮은 목소리로 최대한 부드럽고 정확하게 말을 전달했다.

"영운이는, 네가 주체적으로 살기를 바라는 것 같아. 자기가 없어도 네가 행복하기를…"
"헤어질 때 했던 말이야. 근데, 은희야 그런 게 사랑이야?"
"경선아 그게 아니라…"
"은희야, 나는 영운이가 내가 없으면, 내가 없으면 못 견딜 만큼 아팠으면 좋겠어."

은희와 경선

말을 듣고 아프다는 게 이런 걸까. 은희는 경선의 손을 잡았다. 어딘가 낯선 느낌이 들었다. 경선의 눈에선 눈물이 흘러내리고 있었다.

*

계절이 조금 더 차가워졌을 때, 은희와 경선은 자주 가던 카페에서 만났다. 경선은 마른 입술에 약간 헝클어진 상태의 머리였고, 전에 입었던 그 트렌치코트를 입고 있었다. 추워진 날씨 탓에 경선은 트렌치코트 안에 두툼한 니트를 껴입었는데, 그 모습이 영 폼이 나지 않았다. 그날엔 좋아 보이던 그 옷이 어쩐지 경선과 어울리지 않아 보였다. 경선은 그런 은희의 시선을 눈치챘는지 머리를 손으로 쓸며 "아무거나 보이는 거 주워입고 나왔어"라고 말했다. 경선은 잠깐이라도 대화가 뜨는 듯하면 핸드폰을 만지작거렸다. 은희는 결심한 듯 숨을 고르고 경선에게 말했다.

"경선아, 괜찮으면 광화문으로 저녁 먹으러 갈래? 오랜만에 술 한잔…"
"나 저녁 약속 있어서…"
"누구랑? 매장 사람들?"
"아니 그… 남자친구랑"

저번에 술집에서 만났다던 그 남자와 경선이 연애를 시작했다고 했다. 은희는 실망감을 숨길 수 없었다. 은희는 "아 진짜…"라고 무미건조하게 말했고, 경선은 은희의 그 짧은 대답에 아픔을 느꼈다. 예상했던 것보다 더 아프다고 경선은 속으로 생각했다. 정적이 흘렀다. 이례적으로 긴 정적이었다. 은희가 어색하고 딱딱한 말투로 담배를 피우자고 했다. 담배를 피우는 동안에도 둘은 머리가 많이 길었네, 신발 앞코가 낡았네 정도의 이야기를 했다. 은희와 경선은 노을이 지기 전, 카페를 빠져나왔다. 경선은 이쪽으로, 은희는 저쪽으로.

이후, 은희는 경선의 안부를 묻는 지인들 말에는 서로 바빠서 요즘엔 잘 못 봤다고 말하며 시선을 피했다. 그럴 때면 은희는 그날이 생각났다. 오랜 정적이 흘렀던 날. 경선의 프로필 사진은 자주 바뀌었다. 남자친구와 바다에서 찍은 사진, 자전거를 타는 사진, 남자친구와 함께 찍은 이미지 사진. 은희는 경선의 프로필 사진을 보며 한숨을 자주 쉬었다. 몇 번은 경선에게 연락해볼까 싶기도 했지만, 경선의 이름 위에 떠 있는 그 사진을 볼 때면 어김없이 주저하게 됐다.

그 무렵 은희는 인도에서 찍었던 영상을 자주 봤

은희와 경선

다. 혼자 있었던 그때, 조금은 무서웠지만 묘하게도 편안했던 그때. 은희는 자신에게 그 시간이 어떤 시간이었는지 되새겨봤다. 당시 은희는 혼자 있고 싶었다. 모든 것에서 벗어나고 싶었다. 정작 얼마간은 외롭기도 했었지만 지나간 지금 생각하니 잘 기억이 나지 않았다. '외로움이 존재했었다'라는 것만 어렴풋이 확신할 수 있었다. 하지만 그 외로움이 죽기보다 괴로웠나, 하는 질문에는 그렇지 않았다는 게 은희의 마음이었다. 그런 부분에서 은희는 자신과 경선이 다른 사람인가, 하는 생각을 했다. 어쩌면 애초에 다른 사람이었는데 눈치를 늦게 챈 것일 수도 있다는 생각까지도 들었다. 은희는 그런 생각이 들기 시작하면 영상을 더 볼 수 없었다.

은희에게는 좋은 일이 계속 생겼다. 어렵지 않게 인턴 자리를 얻었고, 직무 또한 은희가 원하는 방향에 유효한 커리어가 될 직무였다. 선배들도 다큐멘터리 PD라는 직업에 필요한 부분을 많이 아는 사람들이었다. 은희는 열심히 했고, 무언갈 열심히 하는 건 은희에게 더는 어려운 일이 아니었다. 처음으로 회식을 하고 약간 오른 술기운으로 침대에 누워 은희는 생각했다. 어쩌면 정말 PD가 될지도 몰라. 경선인 지금 어디쯤 있을까.

경선도 은희를 떠올렸다. 은희와의 이별은 영운과의 이별과 놀라울 정도로 비슷했다. 모두 너무 어린 시절에 만난 탓일까. 이해하지도 못하면서 서로 돌아서지도 못하는. 어떤 선언도 없었지만, 그날 그 사건을 기점으로 경선과 은희는 헤어졌다. 경선은 중학교 때 은희와 처음으로 영화를 봤던 날을 회상했다. 오르락내리락하는 분수를 앞에 두고 느껴지는 감정을 그대로 표현했던 행복. 계속될 줄 알았지만, 일시적이었던 그 행복. 좀 더 조심스럽게 다뤘어야 했던 게 아닐까, 경선은 일상에서 작은 쉬는 시간이 생길 때마다 그런 생각을 했다.

은희는 경선이 줬던 팩을 꺼냈다. 절반 정도가 남아있었다. 얼굴 구석구석 팩을 발랐다. 팩이 마르는 동안 팩에 쓰여 있는 설명을 읽었다. 미온수. '온'이 아니라 '미'… 은희는 경선의 삶을 거슬러 올라가며 경선에게 '온'보다 '미'였던 것들을 짐작해봤다. 영운의 앞날보다 영운이 경선과 함께할 수 있는 시간, 학교를 출석하는 것보다 결석했을 때 오는 쾌감. 은희는 아득했다. 경선을 이해할 수 없었고, 경선을 이해할 수 없는 자신도 이해할 수 없었다. 수도꼭지를 틀었다. 은희는 손가락 끝을 내밀어 물의 온도를 확인했다. 따뜻한 물을 먼저 틀고, 찬물 쪽으로 방향을 틀었다. 따뜻했던 물이 조금씩 미지근해졌다. 은희는 조심스럽게 손바닥에 물을 담았다. 차갑기도 하고, 따뜻하기도 한 물. 은희는 경선의 손을 잡았던 날을 떠올렸다. 어딘가 낯선 느낌이 들던 경선의 손. 경선의 손은 어떤 온도였나. '미'에 가까웠나 '온'에 가까웠나. 은희는 기억나지 않았다. 많은 일들이 그 차갑지도 따뜻하지도 않은 물에 담겨있었다. 은희에겐 모두 지나간 일들이었다.

보지 않는 엄마

"아 좀 보라고"

"됐어! 너한테 안 배워"

"왜 맨날 기억하려고 하는데. 봐야 된다니까"

    은수 엄마가 신경질을 내며 핸드폰 케이스로 핸드폰을 획 덮었다. 지난주, 은수 엄마가 드디어 폴더폰에서 스마트폰으로 바꿨다. 전화기가 통화만 잘 들리면 되지 뭐 다른 게 필요하냐고, 스마트폰으로 절대 바꾸지 않을 거라고 하던 엄마가 바꾸게 된 건 다름이 아니라 직장에 같이 다니는 또래 동료들 때문이었다. 정확히 말하면 그들의 대화 때문이었다. '카톡으로 보내줘' 혹은 '카카오 스토리에 올려야겠다'라는 말 때문에. 은수 엄마의 말로는 여편네들이 10분에 한 번씩 모르는 말을 하니까 부아가 나서 바꾸기를 다짐했다고 하는데, 은수는 엄마의 감정이 부아보다 소외감과 부러움에 가까웠을 거라고 짐작했다.

　얼마 전부터 은수는 엄마에게 스마트폰 사용법을 알려주고 있다. 기계에 대한 무서움도 문제였지만 무엇보다 가장 큰 문제는 엄마가 계속해서 폴더폰을 사용하던 방법으로 스마트폰을 다루려고 하는 거였다. 예를 들면 이랬다. 폴더를 열어 '메뉴' 버튼을 누르고 숫자 5와 3을 누르면 사진첩, 2와 1을 누르면 메모장이었는데, 스마트폰에선 당최 그런 알고리즘이 먹히지 않았다. 은수는 엄마에게 이전 핸드폰처럼 외우는 게 아니라고 거듭 설명했다. 그래도 은수 엄마는 원래의 방식을 고집했다. 은수는 항상 '봐야 한다'라고 강조했고, 은수 엄마는 은수가 그렇게 강조할 때마다 종료 버튼을 눌러 화면을 까맣게 만들어버렸다. 그리곤 말했다. "안 할래." 이제 다음 달에나 집에 올 수 있을 텐데 나 없을 땐 어쩌려고 그래, 라고 은수가 말하면 은수 엄마는 "까짓거 사진첩 안 보면 되지 뭐"라고 말했다.

　오늘도 마찬가지였다. 그 루트를 똑같이 밟았다. 한숨을 쉬고 은수가 다시 엄마에게서 시선을 거뒀다. TV를 보던 은수 엄마가 갑자기 무언갈 한 아름

안아 식탁 위에 늘어놓았다. 연초에 받은 선물 세트
였다. 샴푸, 린스, 바디 워시, 바디로션 같은 것들이
었다.

"이것 좀 써줘"
"이걸 뭘 써?"
"샴푼지 린슨지, 샤워하는 건지 뭔지 크게 써줘.
글쎄 얼마 전에 샤워하려고 짰는데 거품이 안 나
는 거야. 세상에 그게 린스였어"

그것들은 대부분 'Shampoo', 'Conditioner'라고는
크고 진하게 쓰여 있었지만 '샴푸', '린스'라고는 작
고 가늘게 쓰여있었다. '이건 정말 안 보였겠네' 은
수가 속으로 말했다. 은수는 흰 종이에 검정 매직으
로 큼지막하게 글씨를 쓴 후 물에 닿아도 떨어지지
않게끔 테이프를 덮듯이 붙였다. 열 개 정도를 그렇
게 해놓고 보니 식탁엔 은수의 글씨로 뒤덮인 플라
스틱 통들이 줄 맞춰져 있었다. 은수는 그걸 보고
있자니 어렸을 때 시골집에 갔을 때나 느꼈던 어떤
기분이 어렴풋이 상기됐다.

*

밥을 먹고 나선 근교로 드라이브를 나갔다. 은수,

영수, 엄마까지 셋은 차 안에 옹기종기 앉았다. 창
밖으로 끝나가는 겨울을 바라보면서 라디오를 들었
다. 비나 눈은 내리지 않았지만, 안개가 자욱해서 곧
이라도 무언가 쏟아질 것 같은 날씨였다. 30분쯤 지
났을까. 호수를 빙빙 돌던 차에서 내려 2층으로 지
어진 큰 카페에 들어갔다. 은수는 메뉴판을 쭉 훑어
봤다. 옆에서 영수가 말했다.

"달달한 거드실래요, 아니면 깔끔한 거 드실래
  요?"

은수 엄마는 메뉴판은 보지도 않고 달달한 음료
를 시켜달라고 말하곤 자리에 앉았다. 은수는 밀크
티와 아메리카노 사이에서 고민하다 아메리카노를
시켜달라고 말한 뒤 화장실에 갔다. 화장실은 2층
에 있었는데, 카페의 구조가 특이해서 모르고 남자
화장실 문을 열 뻔했다. 요리조리 살펴보니 문 앞
의 그림이 남자 그림이었다. 다행히 손잡이를 돌리
진 않았다. 여자 화장실로 들어가 손을 씻고 나오면
서 은수는 생각했다. 왠지 엄마는 남자 화장실로 들
어갈 것 같은데. 1층으로 내려가니 음료가 테이블에
있었다. 자리에 앉으니 엄마와 영수는 즐겨 보는 예
능 프로그램에 관해 이야기하고 있었다. 보통 영수
가 말하고 은수 엄마가 덧붙이는 식으로 대화가 진

행됐다. 엄마가 화장실이 어디냐고 물었다. 은수는 2층이라고 알려줬다. 은수는 아까 혼자 했던 생각이 다시 떠올랐다. 하지만 안 그럴 수도 있는 거니까. 잠시 후, 엄마는 멋쩍은 웃음을 지으며 계단을 내려왔다.

"글쎄 남자 화장실로 들어간 거 아니겠어."

은수는 순간 떠오르는 표정을 숨겼다. 속으로 아까 했던 생각이 너무 나쁜 생각이라 일어난 일이 아닐까 하는 근심이 스쳤다. 은수는 조금 미안했고, 걱정됐고, 한심했다. 대화에 집중하기가 어려웠다. 은수는 식어가는 머그잔을 만지작거리며 혼자 상념에 빠졌다. 옆에 앉은 엄마를 바라보았다. 엄마는 웃고 있었다. 기분이 좋아 보였다. 이어서 영수의 얼굴도 바라봤다. 영수는 조금 피곤해 보였는데 그건 운전 탓인 것 같았고, 창가 자리가 추운 듯했다. 은수는 그렇다면 본인의 얼굴이 어떤 얼굴일지 생각했다. 문득 섬뜩한 기분이 은수의 전신을 감쌌다. 은수는 재빨리 미소를 지었다.

*

"골절이네요"

은수가 되물었다. "골절이요?" 의사가 안쓰럽다는 듯이 은수를 쳐다보고 말했다. "네 부러지셨어요." 의사가 골절이라는 단어를 쉽게 풀어 다시 말했다. 왼쪽 발 바깥쪽 뼈가 부러졌다. 은수의 눈에 눈물이 고였다. 떨리는 목소리로 은수가 말했다. "저 일 해야 하는데요." 의사가 말했다. "한 달은 쉬셔야 돼요." 한 달. 그럼 난 어떻게 살지. 은수의 마음속이 울렁거렸다. 엑스레이 사진을 다시 바라봤다. 사진 속 뼈는 여전히 어긋나있었다. 저게 내 발이라고? 말도 안 돼. 은수는 부정하고 싶었지만 왼쪽 위 '정은수'라는 파일명을 보며 상심했다. 인정해야 하는 일이었다. 진료실에서 나온 은수에게 간호사가 목발 짚는 법을 설명했다. 목발을 은수의 키에 알맞게 조정해주고, 은수가 목발을 제대로 사용하는지 간호사가 한 번 더 확인했다.

엘리베이터에서는 나이 든 여자가 버튼을 대신 눌러줬다. 내릴 때 여자를 향해 살짝 고개를 숙여 인사했다. 간호사가 알려준 대로 목발을 먼저 앞으로 내디딘 후, 오른발로 깽깽이걸음을 했다. 그렇게 두 걸음을 갔을 때, 은수는 얼굴 전체가 눈물로 가득 차는 느낌이 들었다. 초록 불이 켜지자마자 은수는 최대한 열심히 목발 질을 했다. 초록 불이 꺼지기 전에 건너고 싶었다. 하지만 몇 분 전에 달라진

걸음 방법으로는 어려운 게 사실이었다. 보도블록까지 1m 정도 남았을 때, 신호등이 빨간불로 바뀌었다. 은수는 더 빨리 목발 질을 하며 건너려고 노력했다. 그런데 조바심이 드는 은수와는 달리 횡단보도에선 아무 소리도 나지 않았다. 어떤 차도 경적을 울리지 않고 기다렸다. 은수가 안전하게 보도블록에 안착한 후, 자동차들이 움직였다.

집에 도착한 은수는 처음 집을 구할 때를 생각했다. 그때는 1층인 게 단점이라고 생각했는데, 처음으로 1층 이어서 다행이라는 생각을 했다. 냉장고를 열었다. 물이 페트병으로 한 병 밖에 있지 않았다. 우선 물을 시켜야 했다. 그리고 은수가 속해있는 연출팀 감독에게 연락을 해야 했다. 은수는 죄송하다는 말을 시작으로 다리가 골절돼 현장에 나가는 게 어려울 것 같다고 메시지를 보냈다. 은수는 조금 고민하다 한 번 더 [정말로 죄송합니다]라는 말을 덧붙였다. 감독에게 바로 전화가 왔다. 감독에게 상황을 설명하니 일은 알아서 처리할 테니 몸조리를 잘하라는 대답이 돌아왔다. 은수의 마음이 일시적으로 안도됐다. 하지만 곧 방 모서리에 세워져 있는 기다란 목발이 눈에 들어왔다. 저 목발은 왜 저렇게 클까. 이 집이 작아서 커 보이는 건가. 은수는 잠깐 궁금했다. 냉동실에서 얼음을 꺼내 비닐에 담았다.

보지 않는 엄마

우선은 부어있는 상태라 바로 깁스를 할 수 없고 3일 뒤에 통깁스를 하러 다시 오라고 했다. 은수는 반깁스 위에 얼음을 올렸다. 비닐에서 자신의 발로 냉기가 전해지고 있는지 가늠해보았다. 미미하지만 시원한 기운이 스며들었다.

  은수는 다리 사진을 경진에게 전송했다. 버스에서 내리다 잘못 디뎌서 이렇게 됐다는 간단한 설명을 덧붙여서. 경진은 놀라며 퇴근하고 들리겠다고 했다. 은수는 가만히 누워 천장을 바라보며 또 해야하는 일이 있는지 떠올렸다. '엄마. 엄마한테 알려야 될까?' 은수의 손가락이 핸드폰 속 '엄마'라는 글자 근처에 머물렀다. 몇 번을 망설였다. 그러다 물을 시켜야 한다는 사실이 다시 떠올랐다. 은수의 손가락이 '주문' 버튼을 눌렀다. 은수는 이따 경진에게 먹을 것만 부탁하면 된다고 생각했다. 8시쯤 경진이 은수의 집에 도착했다. 경진은 햇반과 근처 시장에서 산 여러 가지 반찬을 냉장고에 정리했다. 방 모서리에 세워진 목발을 보고 짧게 놀랐다. 일은 어떻게 하냐고 경진이 물었고 은수는 잘 얘기됐다고 말했다. 경진이 포장지를 정리하며 어머니는 뭐라고 하셨냐고 물었다. 은수는 잠깐 뜸을 들이다 말했다.

  "아직 얘기 안 했는데, 안 하려고"

"엄마한테 얘기를 안 한다고?"

"얘기해서 뭐해, 모르는 게 낫지"

은수의 대답에 경진은 은수를 의아하게 쳐다봤다. 경진의 눈빛에는 어떤 말이 담겨있었다. 은수는 그 말을 눈치챘다. 경진은 애써 "그래 걱정하실 테니까…"라고 말을 줄였다.

"너는 예전에 다쳤을 때 엄마한테 얘기했어?"

"난 바로 얘기했지"

"진짜? 왜? 걱정하시잖아"

"난 걱정 받고 싶어서 연락한 건데."

경진이 대답했다. 은수는 경진의 마음이 이해되지 않았다. 하지만 그건 경진도 마찬가지였다. 경진도 은수가 이해되지 않았다. 둘은 그것마저도 눈치를 챘다. 은수는 경진에게 와줘서 정말로 고맙다고 했다. 경진은 또 필요한 게 있으면 부르라고 했고 은수는 한 번 더 고맙다고 했다. 3주. 딱 3주만 버티면 돼. 연락만 잘 대처하면 돼. 은수가 마음속으로 다짐했다.

3일 뒤 은수는 통깁스를 손가락으로 통통 쳐봤다. 울림만 살짝 전해질 뿐 어떤 아픔도 전해지지 않았다. 다리가 나아지고 있는 건지 아리송했다. 어느새 목발이 조금 익숙해진 은수는 아슬아슬하지만 빨간 불로 바뀌는 순간에 보도블록에 세이프했다. 엄마에게 전화가 왔다. 잘 지내니, 퇴근했니, 밥 먹었니 같은 대화를 나눈 후 엄마는 병원에 다녀왔다고 했다. 은수는 엄마에게 병원에 간 이유를 물었다. 전에 받았던 자궁암 수술 후 정기 검진을 위해 다녀왔다고 했다. 은수는 엄마가 자궁암 수술을 했던 사실이 떠올랐다.

"그래서 뭐래? 어떻대?"
"아무 이상 없대. 그날 우리 은수가 공부하다가 바로 와줘서 그런가?"

순간 은수의 모든 게 정지했다. 소름이 끼쳤다. 은수의 목이 턱 막혔다. 분명 무슨 말을 하려고 했는데 어떤 말이었는지 기억나지 않았다. 체온이 차갑게 내려가는 걸 느낄 수 있었다. 은수는 속으로 생각했다. 엄마가 그날을 기억하고 있구나. 은수는 멍해졌다. 수화기 건너편에선 은수 엄마가 어떤 말을 반복해서 말하고 있었지만, 그저 어떤 진동으로만 느껴졌다. 은수가 정신을 차리고 수화기에 귀를 기울였다. 밥은 뭐 먹었냐고. 은수는 황급히 엄마가 지난번에 챙겨준 반찬과 먹었다고 말하며 맛있었다고 덧붙였다.

"아이구… 우리 은수는 말도 이렇게 이쁘게 하고…"

은수 엄마의 자궁암이 발병한 건 은수가 중학생 때였다. 하혈이 계속돼 산부인과에 가니 자궁암이라는 진단을 받았다. 그날 은수 엄마는 병원에서 돌아와 은수에게 그 사실을 알렸다. 은수는 무덤덤한 표정으로 들었다. 표정만 무덤덤했던 건 아니었다. 은수는 정말로 아무렇지 않았다. 괴로움이나 슬픔. 그런 부류의 감정은 은수에게 들지 않았다. 은수는 그저 '수술을 받아야겠네'라고 말했다. 다른 말은 하지 않았다. 은수가 건넨 말은 그 말이 전부였다. 엄마는 조금 슬퍼하는 표정이었다. 은수는 그런 엄마를 모른 체했고, 너무 많이 슬퍼하는 건 아닌가 하는 생각을 했었다.

엄마는 수술 날 은수에게 병원에 오지 말라고 했다. 은수는 단번에 알겠다고 대답했다. "그러지 않

아도 공부를 해야 할 것 같아." 은수가 말했다. 그
건 거짓말이었다. 은수는 경진과 약속이 있었다. 맛
집과 예쁜 카페에 가서 맛있는 걸 먹고 사진을 찍
고 산책을 하는 그런 약속. 은수는 그 약속을 지켜
야 한다고 생각하기도 했고, 가고 싶기도 했다. 그래
서 그렇게 말했다. 공부를 해야 한다고. 수술 당일
아침. 은수의 엄마는 병원에 갈 준비를 하고, 은수는
경진을 만날 준비를 했다. 은수는 머리를 묶다가 엄
마를 보고 너무 걱정하지 말라고. 수술은 잘 될 거
라고 말했다. 엄마는 은수에게 묶은 머리가 예쁘다
고 말했다.

"우리 엄마 암이래. 자궁암. 오늘 수술한대"
"뭐? 너 근데 왜 나 보러 왔어? 그래도 돼?"

은수는 우물쭈물하며 엄마가 오지 말라고 했다고
말했다. 은수도 모르지 않았다. 본인이 잘못 행동하
고 있다는 걸. 은수의 목소리는 작아졌고, 시선은 바
닥을 향했다. 경진은 당장 엄마에게 가보라고 했다.
은수는 경진에게 얼버무리며 인사를 하고 반대 방
향 버스를 탔다. 1시간 정도를 달려 병원에 도착했
다. 은수는 병원의 투명한 회전문에 비친 자신의 모
습을 확인했다. 곱게 화장을 하고, 예쁜 옷을 입은
자신이 보였다. 더 보고 싶지 않아 서둘러 병원으

로 들어갔다. 영수에게 전화를 했다. 7층으로 오라고 했다. 복도엔 오랜만에 보는 은수 엄마의 자매들이 있었고, 영수가 있었다. 다들 은수를 동정 어린 눈으로 봤다. 그중 몇몇은 은수의 어깨를 쓰다듬기도 했다. 울지 않는 은수를 씩씩하다고 여기기도 했고, 어린 것이 혼자 여기까지 찾아왔다고 기특하게 보기도 했다. 은수는 아무 말도 하지 않았다. 병실에 들어가니 아침보다 수척해진 은수 엄마가 누워있었다. 은수는 어떤 표정을 지어야 할지 가늠할 수 없었다. 슬프기보다 무서웠다. 자신보다 아래에 있는 엄마를 쳐다보는 일을 감당하기 어려웠다. 그리고 무엇보다 병실에 있는 사람 중에서 자신이 제일 조금 슬퍼하고 있다는 확신이 들었다. 은수는 어른들 틈을 비집고 병실을 빠져나와 복도 의자에 앉았다.

"어디 갔다 왔어?"

영수가 물었다. 은수의 차림을 보고 조심스럽게. 은수는 아무 말도 하지 않았다. "수술은 끝난 거지." "응." "잘 끝난 거지." "응." 은수는 일어나서 병원 복도를 걸었다. 복도에는 휠체어를 탄 사람들, 배를 부여잡고 링거를 끌면서 이동하는 사람들이 있었다. 이 사람들 중에서 엄마는 어떤 사람에 가까울까. 무한히 이어질 것 같은 복도의 끝을 쳐다봤다. 은수

보지 않는 엄마

는 다시 병실로 들어갔다. 은수 엄마의 하반신엔 병원 로고가 새겨진 담요가 덮여있었다. 그 위로 사람들이 보고 들은 자궁암 경험담이 오갔다. 은수 엄마가 은수에게 나지막이 말했다. "어떻게 왔어." "버스타고 왔지." 은수 엄마가 은수의 손을 쓸었다. 은수는 그 손길을 가만히 바라봤다. 은수는 엄마의 손을 쓸지 못했다.

*

완벽한 알리바이를 위해 은수는 이따금 엄마의 전화를 일부러 받지 않았다. 영화를 한 편 보고 나서 일을 하느라 받지 못했다며 다시 걸었다. 그렇게 3주가 되는 날, 은수는 병원에 갔다. 너무 딱 맞춰온 게 아닐까 싶었는데, 다행히 뼈가 붙었다고 했다. 은수는 베드에 앉았다. 깁스를 풀어주러 온 간호사는 작은 원형 톱을 들고 있었다. 푸는 게 아니라 자르는 거네. 은수가 생각했다. 쉽게 보지 못할 광경이라고 생각해 자세히 구경하려 했지만 톱이 돌아가며 은수의 깁스에 닿는 순간, 은수는 고개를 돌렸다. 깁스가 제거되고 은수의 맨다리가 공기에 닿았다. 은수의 다리엔 붉은 멍, 보라색 멍, 옅은 초록색 멍이 수채화처럼 번져있었고, 발등 피부는 건조하다 못해 쩍쩍 갈라져 있었다. 은수의 다리가 아닌 것 같았다. 발을 땅에 디뎠다. 찌릿한 느낌이 들었다. 발이 깡깡 얼어있는 것 같았다. 오늘이면 목발이랑은 이별할 줄 알았는데, 다시 목발을 짚고 위층으로 이동했다. 물리치료를 받고, 집으로 돌아갔다. 목발은 다시 모서리에 세워졌다.

은수는 목발을 보고 생각했다. '저건 어떻게 버리는 거지? 분리수거가 되는 건가? 크기가 크니까 가구처럼 스티커 사서 붙여야 하나?' 은수는 인터넷에 검색해보았지만, 정보가 중구난방이었다. 폐기물 스티커를 사야 한다는 글, 부셔서 50L 쓰레기봉투에 넣으면 된다는 글, 그냥 분리수거하는 곳에 내놓으면 된다는 글. 은수는 우선 나중에 생각하기로 했다. 일어난 피부를 불리기 위해 세숫대야에 따뜻한 물을 받았다. 발을 담그고 다시 붙은 뼈를 조심스레 어루만졌다. 그쪽 부분이 살짝 튀어나와 있었다. 불어난 피부를 살살 밀어냈다. 물의 온도가 조금 차가워질 때까지 은 수는 정성스레 발을 어루만졌다. 물기를 닦고 나오니 엄마에게 전화가 오고 있었다. 조금 망설이다 전화를 받았다.

"은수 이번 달은 많이 바쁜가 보네, 영 오지도 못하고"
"어⋯ 그러게 바쁘네. 좀 지나면 괜찮을 것 같아"

　　　　　　　　　　　　보지 않는 엄마

"오늘은 뭐 했어?"

"그냥 일했지"

"일? 오늘 엄청 일찍 끝났네?"

엄마는 늘 목소리만 듣고도 은수의 기분을 가뿐히 파악했기 때문에 은수는 조마조마했다. 어영부영 통화를 서둘러 끝냈다. '빨리 나아서 집에 가야 해.' 은수가 다짐했다. 경진에게 소식을 전했다. "이제 안 와도 돼." 경진은 말도 안 되는 소리 좀 하지 말라며, 회복이 필요하다고 했다. 경진의 말이 맞았다. 다시 일어나서 걸어보려 했지만 아직은 어려웠다. 은수는 조금 생각하다 어렵게 말했다.

"그럼 일주일만 더 부탁할게. 나 빨리 나아야 해"

"일 때문에?"

"아니 엄마가 눈치챌 것 같아"

"엄마한테 왜 그렇게까지 숨기냐"

경진이 지긋지긋하다는 목소리로 말했다. 은수는 멋쩍은 기분이 들었다. 내가 너무 유난인 걸까. 하지만 경진과 통화를 끊고는 바로 '멍 빨리 없애는 법'을 검색했다. 혈액순환이 잘 되게끔 해서 응고된 혈액을 분산시켜야 합니다…. 은수는 멍든 곳 위에 마사지 볼을 문질렀다. 가벼운 통증이 느껴졌다. 깊게

든 멍은 빠지려면 꽤 오래 걸릴 것 같았지만 어디에 부딪혔다는 말로 설명해도 괜찮을 것 같았다. 은수는 지하철 출구로 향하기 전, 역 안에 있는 큰 거울을 보고 멈췄다. 이렇게 저렇게 걸어보며 자신의 걸음 모양새를 확인했다. 괜찮아, 나쁘지 않아. 은수는 가벼운 마음으로 역을 빠져나왔다. 정류장에 섰다. 은수의 집으로 가는 버스가 정류장으로 진입했다. 은수는 버스에서 고개를 돌려 걷기 시작했다. "아직 버스는 무서워." 은수가 조그만 목소리로 자신에게 말했다.

집에 들어가자마자 본 은수 엄마의 표정이 조금 울적해 보였다. 그 이유는 거실에 들어가자마자 알 수 있었다. 영수가 왼팔에 반깁스를 한 채로 앉아있었다. 어제 일을 하다 다쳤고, 실금이 간 상태라고 했다. 은수는 영수에게 물었다.

"어제 다쳤다고?"
"응."
"엄마한테 바로 연락했어?"
"응."

은수는 황당한 얼굴로 "아…"라고 말했다. 바로 말했구나. 바로 말할 수 있구나. 엄마는 영수의 찜질을

보지 않는 엄마

계속 바꿔주느라 종종걸음으로 부엌과 거실을 오 갔다. 어떻게 바로 연락을 할 수 있었을까. 엄마한 테 기대는 게 어떻게 가능할까. 어떻게 아픈 걸 말 할 수 있을까. 은수는 자신이 이상했다. 왜. 나는 왜 못 말할까. 나는 왜 기대지 못할까. 왜 잘사는 모습 만 보여주려고 애쓸까. 나는 왜 거짓말까지 할까. 은 수는 영수도, 은수 자신도 이해되지 않았다. 은수 엄 마가 자신이 먹어야 할 약을 선반에서 약봉지를 가 져왔다. 약을 잠깐 식탁 위에 두고 냉장고에서 물을 꺼냈다. 약봉지엔 '아침'이라고 쓰여있었다.

"아침 약 아냐?"
"아니야 저녁 약인데"
"무슨 소리야 여기 아침이라고 쓰여있는데"
"어머 정말? 아닌데 이거 오른쪽에 있던 건데. 아 침 약은 오른쪽에 뒀는데… 어? 그치 영수야? 저 번에 영수가 그렇게 정리해줬는데…"
"이걸 무슨 왼쪽 오른쪽으로 구분하고 있어! 보 고 먹어야지 약인데!!"

은수가 엄마와 영수를 향해 소리쳤다. 그건 비명에 가까웠다. 영수가 잠깐 은수를 밖으로 끌고 나갔다. 은수는 한숨을 쉬고 영수를 쳐다봤다. 피곤하면서 도 화가 난 목소리로 영수가 말했다.

111

"왜 그러는데"

"뭐가? 엄마한테 보는 법 알려주고 있잖아. 약을 왼쪽 오른쪽으로 놔둬? 그게 떨어지거나 쏠려서 섞이는 건 생각도 안 해? 너가 평생 대신 봐줄 거야?"

"그러면 되잖아. 넌 왜 항상 엄마 옆에 없을 생각만 하는데?"

"말이야 쉽지. 엄마 옆에 항상 어떻게 있냐? 이렇게 달에 한 번이나 올까 말까면서"

집에 도착했을 때 은수의 눈에선 눈물이 떨어졌다. 은수는 엄마가 혼자서도 살 수 있기를 바랐다. 왜 보지 않을까. 도대체 왜 절취선 같은 건 보지 않고 다 가위로 잘라버릴까. 화장품 샘플이 파운데이션인지 선크림인지 보지도 않고 왜 무작정 얼굴에 발라버릴까. 옷 안쪽의 케어라벨은 왜 보지 않고 모조리 세탁기에 넣어버릴까. 엄마는 보이지 않는다고 말했다. 은수는 그러면 돋보기안경을 써서라도 보라고 했고, 영수는 엄마를 대신해서 봐주었다. 은수와 영수는 엄마에 대해서 같은 감정을 가지고 있었지만, 전혀 다른 방식으로 사랑하고 있었다. 누가 맞고 틀리고는 없었다. 나쁜 사람이 되고 싶지 않은 마음과 착한 사람이고 싶은 마음이 충돌했을 뿐이었다. 다만, 은수는 영수도 자신과 같은 방식으로 행동하길 바랐다.

*

　돌아오지 않을·것 같던 피부가 거의 재생되었다. 현장 화장실에서 연고를 바르며 은수는 경진과 영수를 생각했다. 걱정 받고 싶어서 연락을 하다니. 은수는 두 사람을 이해하려고 노력했지만, 결과적으로는 이해하지 못했다. 은수는 몇 년 전 일을 생각했다. 다니던 회사를 때려치우고 영화 연출팀으로 들어갈 거라고 말한 날. 엄마는 반대했었다. 그때 은수는 더 설득하지 않고 잘 해내는 모습을 보여주기로 했다. 아프고 힘든 건 절대로 입 밖에 꺼내지 않았다. 하루빨리 잘되는 모습을 증명해 보이고 싶었다. 쉬는 날에도 현장에 나가고, 로케이션 답사에 참여하고, 영수증을 붙이고 커피 심부름을 했다. 술자리도 빠짐없이 갔다. 취기가 오른 와중에도 중요한 얘기를 놓칠세라 핸드폰 메모장에 적어 기억했다. 늘 좋은 모습을 보이려 노력하며 끝까지 자리를 지켰고, 집에는 늘 늦게 들어갔다. 그러던 어느 날 엄마의 통화를 듣게 됐다.

　"은수 어릴 땐 참 예쁘고 착했는데… 지금은… 애가 왜 이렇게 억센지. 내가 애를 잘못 봤나"

내가 애를 잘못 봤나. 그렇게 말했다. 작게 말한다고 했지만, 당시 은수는 엄마가 자신을 어떻게 생각하는지에 대해 아주 예민했다. 엄마의 눈빛이나 말투 하나하나로 자신을 확인하면서 살았다. 내가 잘못 봤나. 그 말은 은수에게 남았다. 그랬다. '착하지', '예쁘지'의 반대말은 '안 착하네' 혹은 '안 예쁘네'가 아니라 '잘못 봤나'였다. 은수는 생각했다. 뭘 잘못 봤다는 걸까. 엄마는 도대체 뭘 봤길래 이렇게 얘기하는 걸까. 엄마는 담담하고 쓸쓸한 말투로 은수 얘기를 조금 더 했다. "애가 매일 새벽에 들어와. 술 냄새가 어찌나 나는지. 영화를 어떻게 한다는 건지… 벌써 석 달 째야…" 그날 은수는 안방 문을 바라보고 조금 울었다. 은수는 처음으로 고민했다. 힘든 걸 얘기해볼까. 내가 현장에서 어떤 취급을 받는지 설명해볼까. 그럼 엄마가 조금은 나를 동정하지 않을까. 안쓰러워서라도 저렇게 말하는 일은 없지 않을까. 하지만 은수는 말하지 않는 쪽을 택했다. 연고를 바른 직후에 나타나는 흰 끼가 사라질 만큼 문질렀다. 갑자기 왜 이 일이 생각난 걸까. 은수는 조금 울적해졌다.

*

[엄마 여기 이모네 들리느라 서울 왔는데 일하

보지 않는 엄마

지? 집에 반찬만 놓고 갈게]

은수는 바로 시간을 계산했다. 현장은 용산이었다. 지하철을 타고 가면 적어도 50분이었고, 택시는 30분이면 가지만 지금 시간이면 막힐 수도 있었다. 목발. 집에 목발이 있었다. 그것도 신발장 바로 앞에. 은수는 보일러실에라도 두지 않은 걸 후회했다. 그걸 보면 뭐라고 해. 뭐라고 설명해. 경진이가 다쳤었다고 할까. 그래서 모르고 놓고 간 거라고 할까. 아니 목발을 어떻게 두고 가. 은수는 경진에게 어디냐고 물었다. 경진에겐 [야근 확정]이라는 4글자가 돌아왔다. 한참을 머리를 굴리고 있는데 엄마에게 전화가 왔다.

"반찬 냉장고에 넣어놨어. 근데 신발장에 목발은 뭐야?"
"아… 어…. 그거… 촬영 소품"

영화를 선택한 걸 뿌듯하게 여길 날이 언젠가 올 거로 생각했지만 오늘일 줄은 몰랐다. 아무 문제 없이 통화를 끝냈다. 뒤늦게 경진에게 전화가 왔다. 무슨 일 때문이냐고. "아니, 목발을 아직 못 버려서." 은수가 소품이라고 대처했다는 얘기를 듣고 경진은 깔깔 웃었다. "진짜 너도 어지간하다. 엄마한테 아

픈 거 좀 말하면 어떠냐." 은수가 말했다. "몰라 나
도 내가 왜 이러는지."

"미안해서 그러는 건가?"
"뭘 미안해?"
"너 가끔 어머니 수술 날 후회하잖아."

이따금 은수는 그날을 후회하는 말을 했었다. 경진
은 그걸 기억하고 있었다. 그래서 경진은 은수의 현
재 마음이 죄책감에서 비롯된 게 아닐까 하는 의견
을 제기했다. 하지만 은수는 자신이 이렇게까지 자
신을 숨기는 건 그저 이기심에 불과하다고 생각했
다. 삶을 잘 해내고 있다는 걸 보여주고 싶은 마음.
은수는 경진이 자신을 너무 착한 사람으로 생각하
는 것 같아 조금 껄끄러웠다.

분명히 반찬만 놓고 간다고 했는데, 집이 구석구
석 깔끔해져 있었다. 창틀, 문지방, 거울 곳곳에 있
던 먼지가 말끔하게 사라졌다. 냉장고를 여니 은수
가 좋아하는 알감자조림과 김치가 있었다. 은수는
분리수거장에 목발을 세워놓았다. 다시 봐도 숨기
기엔 너무 큰 물건이었다. 은수는 알감자조림을 데
워 밥을 먹었다. 익숙한 짭조름함이 은수의 입안을
가득 메웠다. 정말 경진의 말대로 미안한 걸까. 아닐

거야. 난 그렇게 착한 사람이 아니니까. 은수는 감자를 좀 더 오래 씹었다. 감자가 은수의 입에서 아주 잘게 부서졌다.

*

영수가 깁스를 풀었다. 엄마는 계속해서 영수에게 찜질을 갖다주고 있었다. 영수는 너스레를 떨며 다 나아서 괜찮다고 말했다. 저렇게 웃으면서 엄마를 대할 수도 있는 거구나. 은수는 그 풍경을 신기하게 바라봤다. 엄마는 영수에게 이제 정말 괜찮은 게 맞냐고 몇 번을 더 물었다. 온화하게 웃는 영수의 미소에 엄마는 그제야 자리에 앉았다.

"영수 너 어렸을 때 기억나? 그때도 너 의자에서 떨어져서 다리 깁스해서 한참을 엄마가 업고 다니고…"
"에이 그게 언젠데. 기억 안 나"
"의자에서 떨어지는 널 왜 못 봤을까. 엄마가 너무 정신이 없었어 그때. 뱃속에는 은수있지. 영수너 먹일 밥 해야 되지. 일하고 와서 피곤하지… 그때 내가 너무… 그랬어. 엄마가 돼서 네가 의자에 올라갔는지도 몰랐어"

엄마의 시선은 저 먼 곳 어딘가에 있었다. 엄마는 계속해서 예전 일들을 이야기했다. 주로 후회와 자책이 담긴 일화들이었다. 은수는 그 모습이 불쌍하고 애처로우면서도 한편으로 화가 났다. 왜 그 기억을 저렇게 붙잡고 살까. 이젠 다 괜찮은데. 잘살고 있는데. 왜. 도대체 왜.

"엄마. 오빠 깁스 푼 거 안 보여?"
"어?"
"멀쩡하다고. 봐봐 깁스 없다고"

듣다못해 은수가 엄마의 말을 자르고 말했다. 영수는 공중에 팔을 휘휘 흔들며 멀쩡하다는 걸 보여줬다. 엄마는 머쓱하게 웃으며 "그렇네, 깁스 없네"라고 말했다. "좀 쉬어 엄마." 은수가 엄마의 손에서 얼음찜질을 슬며시 뺐다. 다시 냉동실에 넣으며 목발을 짚던 날을 생각했다. 초록 불이 꺼지기 전에 악착같이 횡단보도를 건너려고 했던 날. 아등바등 건너다 결국 빨간불로 바뀌어버렸을 때. 그 어떤 차도 달리지 않고, 클랙슨조차도 울리지 않았다. 은수가 보도블록 안쪽으로 들어가고 나서야 차들이 천천히 움직였다. 그때 은수는 '세상은 아직 따뜻해'를 느낀 게 아니라 '목발 짚고 걷는 거 저 사람들 눈에도 뻔히 보일 텐데 왜 악착같이 건넜을까'를 느꼈

보지 않는 엄마

다.

    은수는 깁스를 풀며 느꼈던 감각이 떠올랐다. 깡깡언 것 같은 다리가 초록색으로 된 벽을 부수고 땅에 내딛던 그 순간. 찌릿함과 넘어질까 봐 아슬아슬한 마음과 원래대로 돌아왔다는 안정감 그 세 개가 묘하게 뒤섞였다. 은수는 골절 부위를 다시 바라봤다. 왼발 뼈가 살짝 튀어나와 있었다. 양말이 감싸고 있었지만 오른발과 번갈아 본다면 알아볼 수 있는 정도의 차이였다. 은수는 엄마를 바라봤다. 엄마는 여전히 영수를 안쓰러운 표정으로 바라보고 있었다. 은수는 작은 숨을 공중으로 던졌다. 그리곤 말했다.

    "있잖아 나 사실…"

    영수와 엄마가 은수에게 고개를 돌렸다. 그 순간, 은수의 발끝에 찌릿함이 퍼지기 시작했다. 또 하나의 벽이 부서지고 있었다.

재개발 동네

버스가 좌회전을 했다. 왼쪽 창으로 어둡고 텅 비
고 부서진 것들이 있었다. 오른쪽은 정반대였다. 하
얗고 높고 단단한 것들이 있었다. 다시 왼쪽을 봤다.
너덜너덜해진 붉은색 깃발과 현수막도 그것들 사
이에 있었다. 얘기를 들었다. 재개발이 진행 중이라
고. 하지만 직접 보는 건 처음이었다. 나는 하차 벨
을 눌렀다. 거리 바닥에 수많은 은행잎이 떨어져 있
었다. 나는 그것들을 밟으며 집으로 향했다. 엘리베
이터에선 고등학생 정도로 보이는 학생이 12층을
눌렀다. 아이의 눈을 보니 옛 얼굴이 기억났다. 키가
나랑 비슷했던 것 같은데, 이제는 어느 브랜드 옷을
입어도 M 사이즈는 무리일 것 같았다.

집 현관이 누레져 있었다. 현관도 색이 변하는구

나. 언제부터 이런 색이었을까. 오랜만에 봐서 보이는 부분일까. 그건 현관뿐이 아니었다. 집에 들어가니 세면대가 그랬고 변기가 그랬고 장판이, 천장이 그랬다. 청소를 하지 않아서 그런 건 아니었다. 왜냐면 아침에 눈을 떠서 잠이 들 때까지 테이프와 걸레를 달고 사는 엄마가 거기에 살고 있었으니까. 집에는 아빠가 있었고 나와 아빠는 아무 말 없이 손바닥을 서로에게 보여줬다. 이 게 나와 아빠의 인사 방식이다. 아무 말 없이 눈을 보고, 손바닥을 보여주는 것.

"나가서 먹자"

옷을 벗다가 다시 팔을 끼워 넣었다. 아빠가 먼저 제시한 메뉴는 추어탕이었고, 나는 추어탕을 먹지 않는다고 말했다. 우리는 서로를 빤히 보다가 뼈해장국 집을 생각해냈다. 아파트를 나서면서 나는 자연스럽게 아빠에게 팔짱을 꼈다. 유년 시절을 제외하고는 분명 처음 하는 행동이었는데 나도 아빠도 유연하게 그 상황을 받아들였다. 감자탕집은 여전히 사람이 많았다. 아빠와 단둘이 밥을 먹는 건 처음이었다. 우리는 뼈해장국을 하나씩 시키고 소주한 병을 시켰다. 나도 아빠만큼 술을 좋아하지만 왜인지 아빠랑 같이 마시는 건 어딘가 부끄러웠다. 아

빠 눈엔 아직도 여전히 애로 보일 텐데, 그런 얼굴
로 앉아서 술을 마시면 어른 흉내를 내는 것처럼 보
일 것 같았다. 하지만 오늘은 얘기가 달랐다. 아빠의
권유를 오늘은 거절하지 않았다.

"이거 먹고 나면 먼저 집에 가 있어. 아빠는 사직
　서 쓰고 갈게"

　나는 별말 없이 고개를 끄덕였다. 아빠는 술잔을
부딪치면서 자신이 젊었을 때 명동에 갔던 얘기, 어
떤 산을 정상까지 올랐던 얘기 같은 것들을 짧게 짧
게 말했다. 나는 친구의 이야기를 듣는 것처럼 들
었다. 아빠는 나에게 남자친구는 언제 보여줄 거냐
고 물었다. 최근에 헤어진 나는 "나중에"라고 말하
곤 건배를 제안했다. 순간 머릿속엔 승영과의 마지
막 일주일이 순서 없이 나열됐다. 식당을 나와서 나
는 직진을 했고 아빠는 오른쪽 골목으로 들어갔다.
버스 창밖으로 멀게 보았던 풍경을 좀 더 가까이에
서 봤다. 온통 A4용지에 '임대'라 는 단어가 납작하
게 쓰여있었다. 동네에 살 때는 그 단어를 보면 '그
럼 이제 여기에 뭐가 들어올까?'라는 설렘이 들었었
는데, 이제 그런 마음은 들지 않았다.

　보일러를 켜고 엄마 옷 사이에 개켜져 있는 반소

매 티와 고등학교 때 체육복 바지를 빼냈다. 샤워를 하러 들어간 화장실엔 미끄럼방지 매트가 가득 깔려있었다. 작년에 엄마가 미끄러져서 다칠 뻔한 경험 이후에 나와 아빠가 근처 생활용품 가게에서 사왔다. 샤워기 헤드에는 때 타올이 감싸져 있었다. 샤워기를 사용할 때면 수도꼭지를 늘 먼저 틀게 되고, 그렇게 되면 샤워기에서 물이 사방으로 튄다며 엄마가 임시방편으로 해놓은 조치였다. 하지만 때 타올을 해놔도 물이 새어 나오는 건 마찬가지 아닌가. 나는 엄마의 사고방식과 조치 모두 이해하지 못했지만, 나이를 먹을 대로 먹은 엄마의 고집을 꺾는 건 무리였다. 그리고 이젠 어쩌다 가끔 와서 따뜻한 밥을 얻어먹고 가는 내가 엄마의 방식이 틀렸다고, 고치라고 말하는 것도 불필요한 행동이라고 생각됐다. 나는 샤워기 헤드에서 때 타올을 벗기고 수도꼭지를 틀었다. 차가웠던 물줄기가 점점 따뜻해졌다. 수건으로 물기를 닦고 나서야 생각이 들었다. 이 집엔 바디로션이 없다는 걸. 챙겨올 걸 그랬다는 생각을 잠깐 하고, 아쉬운 대로 핸드크림을 유난히 건조한 곳에 조금씩 발랐다. 내가 샤워를 하는 동안 집은 따뜻하게 데워져 있었다. 보일러를 끄고 TV를 켰다. 오랜만에 큰 화면으로 보는 영상이었다.

"엄마는 내일모레쯤에 볼 수 있을 거야. 일찍 안

일어나도 되니까 우선 푹 자"

"그때면 일반 병동으로 옮긴대?"

"아마도"

아빠는 먼저 자보겠다며 방 안에 들어갔다. 나는 티브이를 멍하니 보다가 핸드폰으로 '폐렴'을 검색했다. 젊었을 때 줄곧 담배를 피워왔던 아빠의 폐가 아니라, 담배는 호기심에도 물어본 적 없는 엄마의 폐가 아프다는 게 처음엔 납득되지 않았지만, '가스의 흡인'이라는 원인을 보고 나는 살짝 아연함을 느꼈다. 평생 가스레인지 앞에 서 있던 여자였을 뿐인데. 보상은 못 받을망정 이런 병에 걸린다니. 나는 고개를 절레절레 흔들었다. TV에선 학창 시절에 열렬히 좋아했던 아이돌 가수가 나오고 있었다. '저 가수도 지금 몇 살인 거지.' 계산을 해보니 32살. 어렸을 땐 멀게만 느껴졌던 저 가수의 나이도 생각해보니 작년에 만난 남자의 나이와 같았다. 다른 어떤 것보다 순수한 마음으로 그 가수를 좋아하는데에 모든 걸 쏟았던 그때가 생각났다. 사랑만 할 수 있었던 때. 내 얼굴엔 가벼운 미소가 지어졌다.

[동네 왔어?] 일어나니 혜경에게 연락이 와있었다. 답장을 하고 거실로 나갔다. 뉴스가 틀어져 있었고 아빠는 돋보기안경을 끼고 어떤 종이를 아주 꼼꼼

히 보고 있었다. 보험에 관련된 서류들이었다. 나는 밥과 반찬을 조금씩 덜어 먹었다. 양치를 하고 머리를 감고 있는데 아빠가 통화하는 소리가 들렸다. 아빠는 큰 소리로 내용을 한 번씩 더 발음했기 때문에 상대방과 무슨 이야기를 하는지 쉽게 파악할 수 있었다. 병원에서 온 전화였으며, 내일모레 오후 1시쯤 엄마가 일반 병동으로 옮길 것 같으니 미리 와서 대기하고 있으라는 내용이었다. 머리를 말리는 내게 아빠가 말을 걸었다.

"산책이나 하러 갈래?"

고개를 끄덕였다. 사실 어제 퇴근하고 바로 온 탓에 산책하기에 적합한 복장은 아니었지만, 그냥 그러겠다고 했다. 그래도 구두가 아니라 운동화라는 사실에 만족했다. 셔츠에 아빠의 겉옷을 입고 개천으로 향했다. 개천도 동네와 마찬가지였다. 돌다리를 기준으로 왼쪽은 울퉁불퉁한 흙이었고 오른쪽은 평평하고 깔끔한 보도블록이 깔려있었다. 나와 아빠는 왼쪽을 걸었다. 나도 아빠도 원체 사람이 없는 걸 좋아하는 사람이고 사람은 흙을 밟아야 된다는 게 아빠의 오랜 의견이었기 때문이었다.

"가만있어보자. 노래를 틀어야지"

어떻게 배운 건지 아빠는 자연스레 유튜브를 켰다. 투박한 손가락으로 키패드를 툭툭 치더니 다시 핸드폰을 주머니에 넣었다. 익숙한 전주였다. 최백호의 〈낭만에 대하여〉였다. 가수도 제목도 정확하게 말하는 나에게 아빠는 어떻게 아냐고 놀라움을 표했다. 나야말로 당신이 어떻게 유튜브로 음악을 듣게 됐는지가 놀라울 따름인데. 나는 한때 줄곧 들었던 노래라고 대답했다. 가을의 풍경이, 〈낭만에 대하여〉라는 노래가 개천을 감쌌다. 우리는 앞으로 걸었다. 한 30분쯤 가니 낯선 아파트들이 나왔다. 아빠는 다시 돌아가자고 했다.

*

택시를 타고 병원으로 향했다. 창밖으로 서울에선 익숙했지만, 이 동네에는 없었던 브랜드의 간판들이 속속 보였다. 프랜차이즈 식당, 드럭스토어, 사무용품 판매점까지.

"뭐가 많이 생겼네"
"그쵸 여기도 이제 다 없어지고… 새로 생기고… 그렇죠. 뭐"

내 말에 대답을 한 건 아빠가 아니라 택시 기사님

이었다. "그러게요, 많이 바뀌었네요." 백미러로 시선을 주고받으며 짧은 대화를 했다. 병원에 도착했을 때, 미터기에는 4,800원이 찍혔다. 아빠는 현금 5,000원을 기사님에게 건넸다. 아빠는 내려선 자신이 200원을 더 줬다며 귀여운 너스레를 떨었다. 나는 웃으며 많이도 줬다고 대답했다. 우리는 병원 회전문을 통과했다. 열 온도를 체크하기 위해 잠깐 서서 카메라를 쳐다봤다. 초록색 사각형과 숫자가 화면 속 나와 아빠의 얼굴 위로 떠올랐다. 병원 안으로 들어갔다. 나와 아빠는 안내 데스크로 향했다. 상황을 설명하고 안내받은 곳으로 이동했다. 우리는 몇 장의 서류에 서명하고, 보호자 출입증 카드를 받았다. 코로나로 인해 출입증은 한 개만 발급이 된다고 했다. 우리는 복도 의자에 앉아서 사람들의 소리와 눈빛에 신경을 세웠다. 직원으로 보이는 사람들은 모두 얼굴엔 마스크를, 손에는 의료용 라텍스 장갑을 끼고 잰걸음을 하며 병원을 이리저리 다녔다.

"장영원 환자 보호자님"

저 멀리 이송 기사로 추정되는 남자가 주위를 둘러보고 있었다. 나는 재빨리 손을 들었다. 가까이 가보니 남자는 앳된 얼굴에 20대 중반도 안돼 보였다. 베드에는 환자복을 입은 엄마가 있었다. 푸석푸

석한 얼굴에 호흡기를 낀 채로. 눈물이 날 줄 알았지만, 이상하게도 웃음이 지어졌다. 엄마가 반가웠다. 한 명밖에 들어가지 못하기 때문에 아빠와는 이따 연락하기로 하고, 나, 엄마, 이송 기사 셋이 엘리베이터에 탔다. 엄마는 누워서 이송 기사를 쳐다보며 선생님이 너무 친절하셨다. 무거운 자신을 옮기느라 고생하셨다고 말했다.

"아니에요. 가벼웠어요"

이송 기사의 뻔하지만 부드러운 거짓말에 나는 감사하다고 말했다. 6인실 제일 안쪽 창가 자리가 엄마의 자리였다. 엄마는 창가 자리를 마음에 들어 했다. 나도 마음에 드는 부분이었다. 이렇게 작은 일들이 고마운 일이 되는 거구나. 나는 챙겨온 것들을 꺼내어 정리했다. 마실 물, 엄마의 핸드폰, 종이컵, 모자. 나는 엄마의 손을 잡았다. 엄마는 입원하게 된 날부터 중환자실에서 보낸 날들을 이야기했다. 얘기는 이어지기 어려웠다. 계속해서 링거를 갈거나, 혈압을 체크하고, 산소를 체크하는 일들이 여러 간호사에 의해 진행됐다. 엄마는 소변줄을 차고 있었다. 간호사는 내게 어떻게 처리하는지 알려주었고 나는 어색한 표정으로 방법을 숙지했다.

재개발 동네

"미안해 이런 거 하게 해서…"
"아니야 괜찮아"

처음 해보는 일이라 낯설어서 표정이 어색했던 것 뿐이니 미안해하지 말라고 말했다. 소변 통에 소변이 어느 정도 받아지면 복도 중간쯤에 있는 오물 처리장에 가서 버리면 됐다. 소변 통을 들고 오물 처리장에 들어갔다. 학창 시절에 대걸레를 빨 때 사용했던 구조의 세면대가 있었다. 다른 게 있다면 변기 레버 같은 게 위에 있었다. 떨어져 있는 두 경험이 합쳐져 별 탈 없이 처리를 끝냈다.

저녁쯤엔 아빠와 교대를 했다. 나는 학창 시절의 기억을 더듬어 집으로 향하는 버스가 오는 정류장으로 향했다. 아직도 그 버스가 있을까, 그 노선 그대로일까. 긴가민가한 마음으로 정류장에 다다랐을 땐, 이미 버스가 들어오고 있었다. 버스는 내가 교복을 입었던 그때 그 길 그대로 움직였다. 다만 정류장의 이름이 달랐다. 새로운 아파트의 이름, 새로운 학교의 이름이 안내 방송으로 나왔다. 내려서 집으로 향하며 왼쪽과 오른쪽을 번갈아 봤다. 보아하니 오른쪽에서 장사가 잘됐던 가게들은 왼쪽으로 옮겨서 장사를 하고 있었다. 크기와 간판이 변한 상태이긴 했지만 사라지진 않았다. 정류장 옆에서 붕어빵과 떡볶이를 팔던 조그만 천막 분식집도 그대로였다. 사장님의 얼굴도 내 기억보다는 조금은 나이 든 얼굴을 하고 있었지만, 여전히 예전과 같은 낯빛이었다.

*

샤워를 하고 저녁을 먹고, 편한 옷으로 갈아입은 뒤 다시 병원으로 향했다. 보조 침대에는 아빠보다 체구가 작은 내가 자는 게 마땅하니 밤에는 내가 있기로 했다. 병원 불은 일찍 꺼졌다. 덩달아 나도 누운 자세를 취했다. 밤 10시가 좀 안 된 시간이었다. 집이었다면 넷플릭스를 켰겠지만, 이 조용한 병실에선 그럴 수 없었다. 이어폰을 끼고 볼까, 잠깐 생각했지만 혹시나 밤새 엄마의 상태를 놓칠까 싶어 그 생각도 접었다. 밤새 조용히 어떤 걸 하며 시간을 보낼 수 있을까 고민하다 전자책이 떠올랐다. 어두운 곳에서도 읽을 수 있는 책. 평소 좋아하던 작가의 책을 결제하고 다운로드했다. 나는 조용히 책을 읽기 시작했고, 그 책은 페이지를 넘겨도 소리가 나지 않았다.

아침에 나는 아빠와 다시 교대했다. 아빠와 들었던 〈낭만에 대하여〉를 재생시켰다. 천천히 걷는 건 오

130   재개발 동네

랜만이었다. 늘 지하철이나 버스 시간을 위해 잰걸음을 했었는데. 동네에 도착해선 붕어빵 가게에 들렀다. 사장님은 붕어빵을 차곡차곡 봉지에 넣어주셨다. 나는 준비해 놓은 천 원짜리 2장을 꺼내드리고 고개를 숙여 인사를 한 뒤 돌아섰다. 가슴팍에서 따뜻함이 느껴졌다. 집 앞에선 어제는 못 본 경비 아저씨를 마주쳤다. 여전히 풍채가 좋으시고 활기가 있으셨다. 나를 기억하진 못하시겠지만, 눈을 보니 인사를 하지 않을 수 없었다. 나는 아까 붕어빵 사장님께 했던 것과 같이 인사를 하고 집으로 들어갔다.

*

"뭘 그렇게 봐"

"동네가 많이 바뀌었어."

"재개발 때문이지 뭐, 아 참 그런데 너 언제까지 여기 있어?"

"나? 다음 주 초까지? 상황 더 봐야 하긴 하는데 그때까진 있을 것 같아"

"그러면 혹시 주말에 잠깐 시간 돼? 오랜만에 선우랑 볼까 하고"

"아… 선우? 시간 봐서… 주말 되기 전에 내가 연락할게"

잠깐 얼굴을 본 혜경이 선우의 이름을 꺼냈다. 선우와 혜경 그리고 나, 우리 셋은 고등학교 때 절친이었다. '이었다'라고 과거형으로 말해야 한다. 혜경과는 가끔 보면서 살았지만, 선우와는 내가 서울로 가기 전 21살 때 본 게 마지막이었다. 나는 내가 선우를 어쩌면 좋아했을지도 모른다는 생각을 서울에 가서야 했다. 그전엔 우리 셋의 관계가 무너질까 두려워 티를 내지 않으려 노력했었다. 서울에 가기 전, 선우가 나에게 보자고 한 적이 있었다. 나는 혜경 없이 둘만 보는 게 어쩐지 어색했지만 그렇다고 거절을 하면 영영 보지 못할 것 같았다. 선우와 나는 카페에서 만나 별스럽지 않은 이야기들을 주고받았다. 그 이야기들이 지금은 생각나지 않는다. 내가 기억하는 건 카페에 나와서 선우가 내 앞에서 걷고 있었고 사람들에 묻혀 조금 뒤처지게 걷는 나를 선우가 뒤돌아서 쳐다봤던 것. 그거밖에 기억나지 않는다.

밥을 먹고 서점에 갔다. 원래는 혜경이 나와 헤어지고 공부할 책을 사러 서점에 갈 계획이었는데, 내가 혜경을 따라왔다. 전자책으로 읽은 책을 보고 싶었다. 서점에 들어가서 혜경은 경제 코너, 나는 소설 코너. 나는 책들을 하나하나 천천히 바라봤다. '아마도… 표지가 푸른색이었던 것 같은데… 찾았다.' 책

재개발 동네

은 평대 끝에 있었다. 이렇게 생겼구나. '아 표지가, 양장본이네. 책 끈도 있네.' 나는 책을 어루만지고 쓸어보았다. 책을 펼치니 종이 특유의 향기가 났다. 나는 책을 앞뒤로 여러 번 넘겼다.

"사려고?"
"음… 아니, 다 읽은 거라 그냥 봤어."

혜경과는 연락하겠다는 말로 인사를 나눈 뒤 헤어졌다. 나는 다시 병원으로 향했다. 아빠와 교대를 하고, 엄마에게 갔다. 엄마는 소변줄을 떼고 천천히, 숨이 차지 않는 선에서 걸어 다닐 수 있게 되었다. 엄마의 산소 탱크를 챙겨 천천히 병원 복도를 걸었다. 엄마는 창밖으로 단풍을 바라봤다. 어느새 가을이 됐다고, 저렇게 예뻤었냐고 말했다. 이번 가을이 유난히 더 예쁜 거 같다고 대답했다.

"단풍이 우리 딸처럼 예쁘네"

"뭐라는 거야"라고 머쓱하게 받아쳤는데 "진짜야"라고 엄마는 한 번 더 말했다. 그날도 병동 불은 어김없이 10시에 꺼졌다. 나는 숨김 친구 목록에 있던 선우를 다시 친구 목록으로 복귀시켰다. 혹시나 술을 취하도록 마신 날에 연락이라도 할까 싶어 숨겼었다. 사진첩을 거의 맨 위로 올렸다. 이날도 선우와 혜경과 만났던 날이었는데, 선우와 내가 나란히 앉은 날이었다. 수다를 떨다 사진을 찍으면서 놀기도 했는데, 그러다 나와 선우가 같이 찍은 사진이 생겼다. 저 때 내 마음은 무슨 마음이었나. 나는 내 마음이 기억나지 않았다.

*

아빠에게 눈 딱 감고 하루만 간호를 빠지게 해달라고 부탁했는데, 아빠는 다정한 눈빛으로 웃으며 친구들을 보고 오라고 했다. 선우와 혜경을 만나기로 했다. 늘 그렇듯 만나면 가던 술집에서. 선우의 실루엣이 보이자마자 마음이 저렸다.

"오랜만이야"

잊고 산 적 없다고 생각했는데, 선우의 목소리를 들으니 마음이 한껏 뭉쳐졌다가 풀어지는 기분이 들었다. 어딘가 고장 난 것처럼 맥없이 인사를 했다. 우리는 나베와 튀김을 시켰다. 종업원이 버너를 가져다주는 순간부터 서로를 보고 이야기를 시작했다. 선우는 진회색 니트를 입었는데, 선우가 이런 색이 잘 어울렸구나 싶은 새로움이 느껴졌다.

재개발 동네

"그동안 어떻게 지냈어?"

혜경이 선우에게 물었다. 선우는 제대하고, 학교 졸업을 유예하고, 취업 준비를 하고 있다고 했다. 그간 여러 감정이 선우를 스쳐 지나갔겠지만, 선우는 딱 그 정도로 설명했다. 듣는 입장에서도 더 묻진 않았다. 나도 혜경도 감정은 덜어내고 듬성듬성 굵직한 것들만 말했다. 어떤 직장에 언제부터 다니게 됐다, 학교를 졸업했다, 서울에 지낸다. 우리는 음식을 조금씩 덜어 먹으며 이야기했다. 2차로 이동했을 때 선우는 조금 취해 보였다. 얼굴이 얼큰히 달아올랐고 동작이 살짝 무거워 보였다. 혜경이가 남자친구와 잠깐 통화를 한다고 나갔다.

"신혜 너는, 남자친구… 없냐"
"응 없어"

선우는 고개를 끄덕였다. 대화 주제는 연애사로 빠졌다. 그간 선우가 만났던 사람, 내가 만났던 사람과의 시간을 이야기했다. 어렸을 때만 보던 우리가 이렇게 누구와 만났던 이야기를 한다는 게 생경했다.

"신기하다 너랑 이런 얘기하는 거"
"너, 어떻게… 사는지 궁금했어."

순간 선우와 나 사이에 낯선 공기가 퍼졌다. 이전엔 한 번도 느껴보지 못한 공기. 아무 대화도 흐르지 않는데도 대화를 하는 느낌이 들었다. '그런 줄 몰랐다'라고 하기엔 나도 선우가 궁금했다. 그렇지만 '나도 네가 어떻게 사는지 궁금했어'라고 하기엔 망설여졌다. 나는 선우를 보고 느리게 웃었다. 천천히 머릿속으로 적당한 대답을 궁리하는 중에 혜경이 다시 자리로 돌아왔다. 혜경의 남자친구가 곧 혜경을 데리러 올 거라고 했다. 그럼 우리도 슬슬 일어나자고 했는데 혜경은 아니라고 더 마시라고 했다.

"너네 오랜만에 보잖아. 또 언제 본다고. 너넨 더 마셔"

왜일까, 혜경의 말이 반가웠다. 나도 모르게 미소를 지어버렸고 혜경은 "너도 힘들었을 텐데 기분 좀 더 풀고 가"라는 말을 남기고 짐을 챙겨 나갔다. 나와 선우는 아까 굵직하게 했던 이야기들을 조금 더 디테일하게 이야기했다. 술집을 나오니 바람이 차갑고 조용했다. 분명히 겨울에 가까워져 있었다. 우리는 술도 깰 겸 걸어가기로 했다. 걸어가면서 나는 최백호의 〈낭만에 대하여〉를 틀었다.

재개발 동네

"얼마 전에 아빠랑 산책하면서 이 노래를 들었거
든, 같이 듣자"
"신혜야, 서울에 언제 가?"
"나 화요일엔 가야 될 것 같아. 수요일엔 출근해
야 해서"
"화요일에 잠깐 볼래?"

집에 돌아와서도 선우의 말투가 귀에 계속 들려왔
다. 부정할 수 없었다. 내 감정을. 사라진 줄 알았는
데 저 안쪽에 남아있었다. 나는 왜 이렇게 나한테서
도망치듯 떠나왔을까. 가만히 누워서 옛날 일들을
생각하다 잠이 들었다. 한 번도 깨지 않고, 꿈도 꾸
지 않고. 몸이 가벼웠다.

오늘은 전에 살던 빌라를 통해서 동네를 구경하다
조금 더 먼 정류장에서 버스를 타기로 했다. 골목으
로 들어서니 엄마가 사랑방처럼 드나들었던 이불
가게가 보였다. 옆에는 떡집, 맞은 편엔 양품점, 과
일 가게. 나는 철 지난 폰트들을 보며 웃었고, 익숙
한 향기에 편안해졌다. 슬며시 가게 안쪽을 봤다. 여
전한 구조, 같은 사장님. 나는 꾸준히 버텨준 그 사
람들에게 사랑을 느꼈다. 진심으로 행복하게 지내
라고, 빈 목소리로 말했다. 사랑하니까, 행복하게 지
내라고. 있어 줘서 고맙다고.

"다 그대로더라. 이불집도, 과일 집도, 아라네 떡
집도 거기 그대로 있더라"

"그쪽으로 왔어?"

"응 한번 보고 싶어 가지고"

"반갑지 않아?"

"…고마웠어. 계속 있어 줘서"

얘기를 하다 잠든 엄마 얼굴 위로 햇빛이 내려앉
았다. 나는 그 장면을 사진으로 남겼다. 왼쪽으로 넘
겨 아까 찍었던 동네 사진들을 봤다. 가슴이 시렸다.
선우에게 연락이 왔다. 잘 들어갔냐는 연락이었고,
나는 혹시 오늘 저녁에 잠깐 볼 수 있겠냐고 물었
다. 나는 내가 왜 그런 말을 뱉었는지 모르겠으면서
도, 한편으로는 내 마음에 가까워지는 느낌을 받았
다. 흩어져있던 마음을 다져 한 덩어리로 만든 기분.
엄마의 저녁 식사를 돕고 잠깐 밖에 나갔다 오겠다
고 했다. 병원 앞에 선우가 서 있었다. 나와 선우는
근처 공원에서 따뜻한 커피를 들고 앉았다.

"어머니는 좀 어떠셔"

"그냥 그래. 나아졌다가 다시 안 좋아졌다가…."

"넌 괜찮아?"

"선우야, 그대로 있어 줘서 고마워"

"어?"

"보고 싶었어"

나는 뜬금없이 그런 말들을 뱉고 선우의 품에 안겼다. 선우는 잠깐 놀라는 듯했지만 이내 나를 다정하게 끌어안았다. 마치 이런 일이 일어날 줄 알고 있던 사람처럼. 그동안 상상만 해보고 실제로는 처음 안겨보는 선우의 품. 그곳은 빈틈없이 다정했다. 포옹을 푸르고 다시 내 옆을 걷는 선우에게 말했다.

"내가 너무 늦게 말했지"
"5년밖에 안 걸렸는데 뭘"
"기다려줘서 고마워"

얼마 만이었을까. 타인에게 정확한 안정을 느껴본 게. 선우의 말은 거짓이 아니었다. 그 눈은 진짜였다. 선우는 정말로 내 마음을 5년 동안 기다렸다. 날 기억하는 존재가, 날 기다리는 존재가 내 옆에 있었다. 나는 선우와 공원을 시계방향으로 조금 더 걸었다. 내일 아침에 아빠랑 교대한 후에 점심을 같이 먹기로 약속하고 헤어졌다. 나는 다시 병원으로 돌아갔다.

아침에 일어나 엄마가 다 먹은 식판을 퇴식구에 갖다 놓았다. 복도에선 낯이 익은 간호사들과 살짝 고개를 숙여 인사를 했다. 아빠가 도착했다고 연락이 왔다. "엄마 다음 주에 또 올게." 나는 엄마를 짧게 안아주고 병원을 나왔다.

병원 앞엔 선우가 있었다. 선우와 밥을 먹고 버스 정류장에 앉았다. 몇 대의 버스를 보내다 탄 버스에선 창밖으로 선우와 손 인사를 했다. 나는 바깥의 풍경을 응시했다. 건물들이 열흘 전보다 조금 더 부서져 있었다. 나의 기억과 사랑을 닮은 아름다운 잔해들. 엄마를 간호하는 동안 나는 동네에서 여전히 남아있는 것들을 찾아냈다. 이름도 모르는 사람, 음식점이나 가게들, 사라진 줄 알았던 나의 순수함, 너무 오래 걸린 나의 사랑. 그 모든 것들이 나에게 여전히 남아있었다. 버스가 다시, 좌회전을 했다.

스물두 번째 절기

– 반복의 존재 #01

"달력이 따로 없네"

영원이 인스타그램 피드를 내리며 혼잣말로 말했다. 사람들은 여름이 끝나갈 때면 여름내 놀러 갔던 바다, 먹었던 음식, 여름옷을 입은 자신의 모습, 좋아하는 사람과 함께 찍은 사진 등을 묶어 '여름아 잘 가'라는 뉘앙스의 캡션과 함께 올렸다. 몇몇은 다가올 가을을 반기는 글을 올리기도 했다. 보통 이러면 사진은 작년 가을 사진이었다. 기상예보에서 오늘이 동지(冬至)임을 알렸다. 일 년 중에서 밤이 가장 긴 날. 실시간 검색어에는 '팥죽 만드는 법'이 3위에 올라와 있었다. '내일은 인스타그램에서 팥죽을 보겠구나.' 영원이 생각했다.

지나간 시간. 영원은 지나간 남자들을 떠올렸다. A
랑은 손을 잡았지만 아무 일도 없었고, H와는 술에
취해 하룻밤 섹스를 했었다. J와는 연애를 잠깐 했지
만, J가 당시의 외로움을 달랠 충동적인 선택이었기
때문에 한 달만 사귀고 이별 통보를 받았으며, K와
는 왠지 서로 마음에 드는 섹스여서 4번 정도 잔 후
에 연락을 끊었다. 이 외에도 두 명의 남자들이 더
있었지만, 손도 잡지 않았으니 카운팅에서 제외했
다. 이번 연도도 별 볼 일 없는 관계의 연속이었다.

오늘은 밤이 가장 긴 날이니, 낮이 가장 짧은 날이
기도 했다. 영원은 오늘 낮을 꼭 기억하겠다고 다짐
했다. 오후 반차를 내고 평소에 가보고 싶었던 카페
에 갔다. 나무로 된 바닥에선 끼익- 끼익- 하는 소
리가 들렸는데, 불안감을 만들어내는 뉘앙스는 아
니어서 사람들은 편하게 지나다녔다. 영원은 노트
북으로 이번 연도에 찍었던 사진을 훑어봤다. 작년
에는 수많은 사람을 만났고, 이번 연도에는 수많은
사람과 헤어졌다. 작년엔 상대방을 편안하게 하느
라 영원이 불편했었고, 이번 연도에는 영원이 편하
기 위해서 남들에게 불편하다 못해 아플 말들도 서
슴없이 했다. 그만큼 작년엔 많이 울었고 이번 연도
엔 덜 울면서 살고 있지만, 마찬가지로 웃음도 작년
에 많았기에 영원에겐 알 수 없는 공허함이 맴돌았

다.

남은 커피를 테이크아웃해서 광화문 일대를 걸었
다. 낮이 짧다더니 금세 어두워질 기세를 보였다. 안
국에 다다랐을 땐 5시쯤이었는데, 거의 8시 같았다.
잠깐 벤치에 앉아 인스타그램을 켰더니 정말 팥죽
사진이 몇 개 올라와 있었다. 영원은 사람들에게 은
근히 귀여운 구석이 있다고 느꼈다. 그때, H에게 연
락이 왔다. 기억에서 잊고 살던 사람이라 이름이 떴
을 때 영원의 몸이 순간적으로 핸드폰과 조금 더 가
까워졌다.

[영원아 잘 지내? 그땐 내가 미안했어… 그때 내
가 일이 조금 많았어 미안해]

H가 당시에 일이 많았다는 걸 설명하는 게 웃겼
다. 어차피 원나잇이었으면서 멘트하고는. 영원은
답장하지 않고 일어나서 다시 걸었다. 점점 날씨가
추워졌다. 이미 영원에게 아무것도 아닌 사람이었
지만, 왠지 모르게 멘탈이 약해지기 시작했다. 이렇
게 뜬금없이 속 보이게 연락하다니. 영원은 원래 가
려던 식당을 가지 않고 집으로 향했다. 언젠가 선
물 받았던 와인을 꺼냈다. 좋은 날에 먹겠다고 미뤄
왔었는데, 생각해보니 안 좋은 날 먹고 기분을 낫게

하는 것도 나쁘지 않을 것 같았다. 잔에 와인을 따랐다.

H의 메시지를 다시 봤다. 이 초저녁에 왜 연락했을까. 낮술 마셨나. 지금은 누구한테 연락 돌리고 있으려나. 나는 몇 번째 연락이었을까. 답을 알아도 의미 없을 질문들을 생각하며 와인을 한 모금 마셨다. 그때, K에게 인스타그램 팔로우가 왔다. 잘못 누른 걸까 싶어서 빤히 쳐다보고 있는데, K는 최근 사진 몇 장에 '좋아요'를 눌렀다. K의 인스타그램에 들어갔다. 길었던 머리를 짧게 자른 게 K의 근황이었다. 우연히 넘긴 다이렉트 메시지 창에 '요청 1개'라는 글자가 떴다.

[잘 지내…? 여전히 서대문 그쪽 살아?]

K는 다급하게 [보고 싶어서 연락했어. 미안해]라는 말을 덧붙였다. '잘 지내?'로 시작해서 '미안해'로 끝나는 메시지를 하루에 두 번이나 받다니. 영원은 파트너였던 K에게는 답장을 해볼까 생각했지만, 인스타그램 피드에 여자친구 사진이 있는 걸 보고 그러지 않기로 했다. 아무것도 하지 않았지만 기운이 빠지고 있었다. 아마도 과거가 흘러들어온 탓이겠지. 냉장고에 있던 초콜릿을 꺼냈다. 당을 보충하

며 다시 마음을 제자리로 돌리고 있었다. 그래도 마음을 제자리로 돌리기엔 술이 필요했고, 와인 한 병을 빠르게 비웠다. 두 번째 술은 편의점 싸구려 와인이었다. 점점 취기가 오르기 시작했고 소파에서 스르르 잠이 들었다.

갑자기 어떤 느낌이 들어 영원이 눈을 번뜩 떴다. 소파 한편에 널브러진 핸드폰에서 진동이 울리고 있었다. J의 번호였다. 이번 해에 만난 남자 중에 유일하게 번호를 기억한 사람에게 전화가 왔다는 사실이 신기했다. 왠지 모를 반가움에 전화를 받았다. 전화기에는 시끄러운 차 소리와 함께 J의 목소리가 섞여 들렸다.

"미안하다고 말하고 싶었어. 술 마시고 전화해서 미안"
"그래 잘 지내"

종일 '미안해'를 여러 번 들은 걸 떠올리니 머리가 살짝 어지러워졌다. 영원은 이번 연도 시장에 끝이 상한 채로 판매가 된 게 아닐까 하는 의심이 들었다. 그날 밤은 모두에게 똑같이 길었고, 모두의 마음이 조금씩 누그러졌다. 끝이 상한 게 아니라 그저 일 년 중 밤이 가장 긴 날이었다. 모두의 마음에 과

거가 흘러 들어간 밤. 검색창에는 '팥죽 만드는 법'
이 5위로 내려가 있었다. 창밖은 여전히 깜깜했다.
분명, 고백하기에 가장 좋은 밤이었다.

지현, 원호

- 반복의 존재 #02

지현은 애연가였다. 사교를 목적으로 담배를 열심히 학습했던 원호와는 달랐다. 원호와 지현이 처음 만났을 때는 어색할 때마다 담배를 피웠다. 원호는 그때마다 배우길 잘했다고 생각했었다. 지현은 그걸 알고 있었다. 그래서 지현은 "담배 피우고 오자"라고 말하지 않고 "나 담배 하나만 피고 올게"라고 말했다. 그중 몇 번은 같이 나가자고 했는데, 그럴 때면 "자기도 피우게?"라고 물었다. 원호는 고개를 끄덕였고, 지현도 느린 속도로 끄덕였다.

왠지 지현은 담배를 피울 때면 지현 그대로 존재하는 것 같았다. 보이지 않는 투명한 부스 속에서 세상을 바라보는 것 같았다. 그 부스 안에는 아무나 들이지 않는 것 같았고, 원호도 거기에 포함되는 사람은 아니었다. 지현이 아무리 가까이에 서 있어도 한 발짝도 가까이 갈 수 없었다. 지현이 불편해할지도 모른다는 마음보다는 지현이 자신의 것이 아니라는 사실을 뼈저리게 느끼게 될까 봐 원호는 긴장됐다. 가끔 찬 바람이 불면 그 바람을 등지고 서 있는 것. 그래서 지현의 담배에 불이 붙게 해주는 것. 원호는 딱 그 정도만 가능한 사람이었다.

원호는 언젠가 지현에게 담배를 끊을 생각이 들지는 않냐고 물어본 적이 있었다. 지현은 없다고 했다. 한두 번 들어본 질문이 아닌 뉘앙스였다. "담배 끊었으면 좋겠어?" "아니, 난 자기 건강이 걱정돼서 그러지." 지현은 몇 초 동안 빤히 원호를 응시했다.

"거짓말"

원호는 깜짝 놀랐다. "뭐가 거짓말이야. 진짜야." 지현은 고개를 돌려 다시 한번 원호를 응시했다. 원호는 그때 지현과 드디어 가까워진 느낌을 받았다. 그때부터 원호는 궁금했던 질문들을 조금씩 물어봤다. 그때 그 일은 어떻게 됐어. 그 친구랑 무슨 얘기 했어. 그곳은, 그 영화는, 그 시간은. 지현은 천천히 하나하나 대답했다. 원호는 머릿속으로 퍼즐을 맞추며 지현의 실루엣을 조금 더 선명하게 다듬었다.

지현, 원호

하지만 거기서 더 선명해지지 못했다.

지현과는 크리스마스가 지나고, 새해가 오기 전에 이별했다. 새해가 되면 다들 금연을 결심한다는데, 원호는 줄기차게 담배를 피웠다. 담배를 피울 때마다 지현이 생각나서 끊고 싶기도 했지만, 사실 거꾸로였다. 지현을 생각하려고 담배를 피운다는 걸 원호 자신도 알고 있었다. 담배도 지현이 피우던 담배로 바꿨다. 처음엔 역한 맛이었지만 피우다 보니 오히려 다른 담배를 피울 수 없게 됐다. 원호는 담배를 피우는 시간이 좋아졌다. 사람들의 목소리가 시끄럽게 오가는 테이블에서 빠져나와 조용하게 담배를 피우는 그 순간이 좋았다.

원호는 지현과의 이별을 떠올렸다. 비로소 지현과 가까워졌다는 느낌이 들었을 무렵, 원호는 지현을 소홀히 대했다. 지현의 약속을 쉽게 취소했고, 친구들과 자주 놀았다. 부재중 전화가 찍혀있어도 전화를 하지 않고, 잠들었다고 거짓말을 했다.

그날은 원호가 지현에게 미안하다고 말하려던 날이었다. 지현은 그걸 미리 알았는지, 원호에게 "미안하다는 말 안 해도 돼"라고 말했다. 그리고는 그만 만나자고 말했다. 원호는 깜짝 놀랐다. "내가 요

즘 소홀했어. 미안해." 원호는 다급하게 말했다. "미
안하다는 말 그만 듣고 싶어. 들을 때마다 답답해."
지현이 말했다. 실수였을 뿐인데. 날 많이 사랑하지
않았으면서. 어차피 나한테 마음도 열지 않았으면
서. 조그만 걸로 핑계 대기는. 헤어진 직후에 원호는
친구들한테 그런 말들로 지현을 험담했었다. 원호
는 담배를 하나 더 피웠다. 순간 웃음이 새어 나왔
다. "왜 웃어요?" 화장실에 다녀온 동준이 옆에 와
물었다.

"내가 병신 같아서. 전 여자친구가 좀 어려웠거
든. 근데 만나다 보니까 편해지더라. 근데, 내가
너무 편하게 대했어. 그래서 사라졌어. 이 연기
보이냐. 이 연기처럼 사라졌어."

원호가 담배 연기를 휘휘 저으며 말했다.

"형 술 좀 됐나 보다. 이런 얘기 처음 하는 거 알
죠"
"그런가"
"형 담배도 맨날 혼자 피우잖아요. 새로 들어온
사람들이 형 어렵대요. 다가가기 어려운 이미지
라고 하던데"

어려운 사람. 지현을 '어려운 사람'이라고 표현했었는데, 그 표현이 이젠 자신을 따라다니고 있었다. 원호는 다시 자리로 돌아왔다. 방금 동준에게 들은 말 때문인지 사람들이 조금 더 조심히 구는 행동들이 눈에 보였다. 편하게 해주려면 어떻게 해야 하는 걸까. 원호는 머릿속으로 생각했다. 실없는 농담을 주고받아야 하나. 우스꽝스러운 모습을 보여줘야 하나. 그렇게 고민을 하다 아무것도 하지 못하고 자리가 끝났다.

원호는 담배를 하나 더 피우고 가겠다며 오는 택시마다 동료들을 태웠다. 동료들이 하나둘 떠나고 원호 혼자 거리에 남았다. 마음이 편안해졌다. 얇게 쌓인 눈 위로 동료들의 발자국이 남아있었다. 저렇게 많은 사람과 같이 있었나. 지현도 이런 발자국을 봤겠지. 원호는 발자국을 따라 걸었다. 한 걸음 한 걸음, 어색하게 발을 겹쳤다. 지현과 헤어지고 나서야 지현과 닮아가고 있는 원호였다.

밤 만주와 지구 젤리

– 반복의 존재 #03

알람이 울렸다. 신혜는 덜 뜬 눈으로 찌개를 데웠다. 노트북을 열고 〈시〉를 틀었다. 신혜가 가장 좋아하는 영화 〈시〉. 가장 좋아하는 감독 이창동. 신혜는 달리 볼 게 없으면 늘 〈시〉를 틀어놨다.

"나 멋쟁이로 보여요? 흐흐 멋쟁이 아니에요"

반찬을 꺼내며 신혜가 대사를 따라 했다. 하나에 꽂히면 한동안 그것만 달고 사는 신혜의 성향은 음식에서도 그랬다. 지금은 김치찌개에 꽂혔다. 거기에 진미채 볶음과 조미김. 엊그제 계란 프라이를 추가했던 걸 제외하면 일주일 내내 이렇게 아침을 먹고 있다. 밥을 먹으면 바로 설거지를 하고, 샤워를 한다. 전날 생각한 옷을 꺼내 입고, 8시 30분 열차를 탄다.

"신혜 씨는 나이도 어린데 왜 이렇게 스님처럼
살아?"

회식 자리에서 팀장이 자주 하는 말인데, 오늘도
역시 거르지 않았다. 나이 어리면 막살아야 하나. 신
혜는 그 말이 싫었다. 돌아가는 길에 신혜는 어떻게
하면 그 말을 그만하게 만들 수 있을까 생각했다.
다음에도 또 이러면 기분 나쁜 걸 아무래도 티 내야
겠어. 신혜는 다짐했다. 집에 도착한 신혜는 샤워를
하며 생각했다. 차분하게 사는 게 얼마나 좋은 건데.

〈시〉를 틀었다. 커서를 이동해 가장 좋아하는 장면
을 틀었다. 문화 센터에서 선생님이 "시를 쓴 사람
은 양미자 씨밖에 없네요"라는 대사부터가 가장 좋
아하는 장면이다. 이후엔 시가 낭독된다.

"그곳은 어떤가요. 얼마나 적막하나요. 저녁이면
노을이 지고 숲으로 가는 새들의 노랫소리 들리
나요…"

신혜가 따라 말했다. 술기운이 돌았지만 템포도 정
확하게 맞췄다. 수줍어 돌아앉은 외로운 들국화까

지도 내가 얼마나 사랑했는지. 마지막 구절이 특히 좋았다. 그 장면을 몇 번을 더 돌려보다 잠들었다. 알람이 울렸다. 숙취 때문에 아침은 생략하고 집 앞 편의점에서 포카리 스웨트를 샀다.

"어제 한잔했구먼?"

아주머니가 새침하게 웃으며 말했다. 편의점은 보통 학생들이 아르바이트로 많이 있지만, 이 편의점은 가족끼리만 운영했다. 낮에는 아주머니, 밤에는 아저씨, 주말엔 아들. 신혜는 고개를 끄덕이며 바로 뚜껑을 열어 꿀꺽꿀꺽 넘겼다. 술을 마시면 늘 아주머니 앞에서 포카리 스웨트를 3분의 1 정도 마시는 퍼포먼스를 한다. 아주머니는 그때마다 웃기도 하고 혀를 끌끌 차기도 했다. 오늘은 다행히 웃었다. 신혜는 꾸벅 인사를 했다. 포카리 스웨트 퍼포먼스 때문에 아슬아슬했지만, 다행히 8시 30분 열차에 세이프했다. 회사에 도착하니 사람들의 눈이 퀭했다. '또 해장국까지 드셨나 보네.' 맞은편 신입 사원인 현영 씨도 눈을 뜨고 감는 게 느렸다.

"현영 씨도 뚝배기 감자탕집까지 갔어요?"
"네… 어떻게 아셨어요… 선배님 저 죽을 것 같아요…"

밤 만주와 지구 젤리

회사 앞에 죽여주게 맛있는 감자탕집이 하필이면 24시였다. 회사 사람들은 매번 어지간히 마셨음에도 불구하고 그곳을 지나치지 못했다. 신혜는 현영에게 포카리 스웨트를 건넸다. "마셔요. 입 안 대고 마셨어요." 현영은 감사하다고 말한 후 포카리 스웨트를 꿀꺽꿀꺽 넘겼다. 편의점 아주머니한테 내가 이런 모습이었겠구나. 신혜는 현영을 보며 웃었다. 현영이 음료수를 내려놓고 말했다.

"근데 제가 끝까지 남아있던 거… 눈치 없는 거예요?"
"왜요?"
"아니… 사실 팀장님이 그냥 하신 말씀일 수도 있는데, 저한테 나이도 어린데… 친구들이랑 약속 없냐고 하셔서요. 원래 2차 이후로는 윗분들끼리 자리하세요?"

도대체 왜 그럴까. 팀장은 '나이도 어린 사람이'라는 수식어를 앞에 가져다가 못 꾸미는 말이 없었다. '이젠 정말 저 말을 끝내게 해야겠어.' 신혜는 현영에게 신경 쓸 필요 없다고 말했다. 신혜는 오늘도 밥을 혼자 먹겠다고 말했다. 근처 샌드위치 가게에 갔다. 늘 먹던 계란 샌드위치를 집었다.

"점심이에요?"

직원이 말을 걸었다. 처음 하는 대화였다. 1년 동
안 일주일에 거의 서너 번을 들려도 대화는 하지 않
았는데. "네 점심이에요." 신혜는 살짝 수줍게 웃으
며 샌드위치를 받았다. 늘 그렇듯 영수증은 버려달
라고 말하고 뒤를 돌았다. 갑자기 직원이 신혜를 불
렀다. "이거 후식…"

소포장 된 밤 만주를 건넸다. "감사합니다." 신혜
는 꽤나 기뻤지만 마음을 조금 눌러서 표현했다. 앞
으로도 계속 올 가게였기 때문에 그 정도로만 표현
하는 게 적당할 것 같았다. 조용한 사무실에서 샌드
위치를 먹었다. 계란과 치즈밖에 들어있지 않은 이
샌드위치가 왜 이렇게도 맛있는지. 이것저것 들어
있지 않고 간단한 토핑으로 이루어진 게 가장 마음
에 들었다. 밤 만주를 꺼냈다. 달콤함이 신혜의 입에
퍼졌다. 정말로 후식으로 좋은 간식이었다.

사람들이 금요일이니 한잔하자고 했다. 신혜는 거
절했다. 신혜는 갑자기 생기는 약속을 싫어했다. 충
동적으로 사는 사람들을 이해할 수 없었다. '충동'이
라는 마음 자체를 이해할 수 없었다. 신혜에겐 반복
되는 일상이 행복이었다. 신혜는 맞은편 현영을 봤

다. 열심히 일하는 현영에게 말을 걸었다. "오늘 술
자리 가요?" 현영은 "무슨 자리요?"라고 되물었다.
아직 현영에게까지 묻지 않은 듯했다. 현영은 신혜
에게 갈 거냐고 물었고, 신혜는 고개를 좌우로 살짝
흔들었다. 현영이 곤란해하는 눈치였다. 아마도 가
기 싫은 마음인 것 같았다.

"… 안 가는 방법 알려줄까요?"
"어… 네 알려주세요"
"진짜 안 가면 돼요"

현영이 신혜의 말에 "아!"라는 감탄사를 짧게 내
뱉었다. 퇴근이 1시간 정도 남았을 무렵, 팀장이 현
영에게 물었다. "현영 씨 오늘 끝나고 한 잔?" 현영
이 올 게 왔다는 표정으로 팀장을 쳐다봤다. "아 저
오늘 약속이 있어서요." 현영이 대답했다. 팀장은
어쩐 일로 약속이 다 있냐고 말했다. 현영은 살긋이
웃었다. 퇴근 시간이 되고 동료들은 오른쪽으로, 신
혜와 현영은 왼쪽으로 갈라졌다. 현영이 신혜에게
집에 가서 무얼 할 거냐고 물었다.

"나는 똑같아요. 씻고 〈시〉 틀어놓고 천천히 잠
들어야죠"

현영은 시를 읽는 게 아니라 틀어놓는다는 표현에서 영화라는 걸 알고는 이창동 감독 영화를 말하는 게 맞냐고 물었다. 신혜는 제일 좋아하는 영화라고 말했다. 현영은 늘 보겠다고 생각만 했고 여태 보지 않았다고 했다. 현영은 시간이 있으면 한번 보라고, 아마 좋아할 수도 있을 거라고 말했다. 현영과는 역 안에서 갈라졌다. 현영은 신당으로, 신혜는 영등포로. 신혜는 내려서 편의점에 들렀다. 저녁이니까 아저씨가 계실 시간이었는데, 아들이 있었다. 순간 고개를 갸웃했다가 살짝 숙여 인사의 제스처로 바꿨다.

"아빠 오늘 동창회 가셔서요. 오늘은 제가 봐요"

신혜는 웃으면서 "착한 아들이네"라고 말했다. 계산대에 햇반을 올렸다. 잠깐 생각하다 비타민 음료도 꺼내왔다. "이거 먹어요." 조금 놀라며 안 사주셔도 된다고 말했지만, 신혜는 음료를 남자 쪽으로 밀었다. 남자는 계산을 마친 후 신혜의 봉투에 햇반을 담고, 카운터에 있는 지구 젤리를 넣어줬다. "간식으로 드세요"라는 말과 함께.

월요일, 팀장이 "어린 사람들 없이 노니까 칙칙하더라~"라고 말했다. 신혜는 부드러운 말투로 "팀장

밤 만주와 지구 젤리

님 그 표현 없이 말씀하시면 좋겠어요"라고 말했다.
신혜의 말투가 너무 부드러워서 팀장은 신혜의 말
의 의도를 헤맸다. 어리둥절해 하는 팀장에게 신혜
는 설명했다. "'어린 사람들'이라는 표현이요." 신혜
의 말투는 여전히 부드러웠다. 현영이 살가운 눈빛
을 보냈다. 팀장은 조금 당황하며 부러워서 그렇다
고 말했다. "아무튼요." 신혜가 대화를 끝냈다. 점심
시간이 됐다. 사람들이 바깥으로 나갔다. 현영이 신
혜의 책상에 샌드위치를 올렸다. 신혜가 늘 먹는 계
란 샌드위치였다. "선배님 이거 자주 드시죠." 신혜
가 놀란 마음을 많이 티 내지 않고 말했다. "고마워
요." 현영이 다시 자리로 돌아가다 뒤돌아 말했다.

"선배님. 저도 어제 〈시〉 봤어요. 저도… 좋았어
요"

신혜는 밤 만주와 지구 젤리가 생각났다. 그 달콤
함이 떠올랐다. 현영의 말은 두 개 중에 서 어떤 것
에 가까울지 잠깐 생각했다. 신혜의 마음속에 현영
이 스며드는 게 느껴졌다. 이 감정은 달콤함보다는
따뜻함인 것 같다. 신혜는 밤 만주와 지구 젤리를
다시 생각했다. 아무래도 그것도 달콤함보다는 따
뜻함인 것 같다.

3번째 상처, 8번째 쿠폰

- 반복의 존재 #04

"대일이한테 또 연락 왔어"

주리가 소은에게 말했다. 대일은 주리의 전 애인이다. 학생인 대일은 돈이 없었고, 주리에게 연애가 부담된다고 했다. 대일을 많이 좋아한 주리는 돈 같은 건 신경 쓰지 말라고, 내가 일하니까 더 많이 내면 된다고 말했다. 주리는 대일이 자신과의 관계마저 놔버려야 할 만큼 재정적으로 어려운 것 같다고 엉엉 울었지만, 소은은 속으로 그게 아니라고 생각했다. '돈이 궁하면 돈을 벌면 되지 주리를 버리네.' 소은은 그렇게 생각했다. 소은이 봤을 때 대일은 형편없었다. 그중 가장 최악이었던 건 대일의 음주운전 사건이었다. 대일이 주리와 두 번째 재결합을 한 날, 대일은 주리를 택시 태워 보내곤 음주 단속에 걸렸다. [씨발 단속 걸렸어 인생 뭐같이 안 풀리네] 그때 대일은 주리에게 그렇게 문자를 했다. 소은은 여자 친구에게 그렇게 말한다는 게 충격이었지만 주리에게 그건 안중에도 없는 것 같았다. 주리는 그저 "어떡해 대일이 단속 걸렸대 어떡해"라며 발을 동동 굴렀다.

"걔 그거 엄마 차 아니야?"
"맞아"
"가지가지 하네"
"어떡해. 그럼 집에는 어떻게 갔지? 택시비도 없을 텐데…"

소은은 주리를 보며 한숨을 내쉬었다. '음주운전한 새끼 택시비를 왜 못 줘서 안달인 거야.' 정신 차리라고 뜯어말리고 싶었지만, 오히려 역효과가 날까 봐 소은은 가만히 있었다. 주리는 '음주운전 형량'을 인터넷에 검색하고 있었다. 주리의 손에서 핸드폰을 빼서 충전기에 꽂았다. 내일이면 연락이 올 거라고 말했다. 가까스로 주리가 잠이 들었다.

"대일이가 연락이 왜 안 되지…"

소은이 눈을 떴을 때 주리는 웅크리고 앉아있었다.

한 손은 핸드폰을 들고 다른 손 손톱을 물어뜯고 있었다. 안색이 너무 안 좋았다. 소은은 아직 안 일어 났을 수도 있다고 말하며 라면을 끓였다. 마침 콩나물도 있어 한 움큼 넣었다. 해장하라고 끓여준 건데 깨작깨작 먹는 주리를 보며 소은은 고개를 절레절레 흔들었다. '뭐에 씌었어 하여튼.' 소은은 예전에 만난 기준을 만날 때가 생각났다. 당시 소은은 지금의 주리보다 심각했다. 기준은 화를 잘 못 참았는데, 화가 나면 주변의 물건들을 다 집어 던졌다. 언젠간 머그잔을 던져서 깨진 유리 조각이 소은의 팔에 스쳤었다. 흉이 질만큼 피가 났는데도 소은은 아무에게도 그 일을 말하지 못했다. 말을 하면, 기준과 헤어지라고 할 테니까. 그 말이 듣고 싶지 않았다. 물건을 요리조리 피해서라도 기준 옆에 있고 싶었다.

그러나 세 번째 상처가 생겼을 때, 소은은 생각이 들었다. '이건 아니야.' 소은은 가까스로 기준에게서 빠져나왔다. 기준은 자신의 존재에 껌뻑 죽는 소은이 떠나니 그제야 소은에게 다정하게 말했다. "물건을 던지지 않을게. 너를 상처 주지 않을게. 더 소중히 대할게."

주리의 핸드폰은 오후까지도 잠잠했다. 분명 일어났을 시간인 저녁 7시가 다 되어도 연락이 없었다.

보다 못한 소은이 주리 몰래 대일에게 연락을 했다.

[대일 씨 저 주리 룸메이트 이소은인데요. 주리가 계속 그쪽 연락을 기다리고 있어요. 어제 사고가 있었다고 들었는데 그 상황 설명이라도 주리한테 전달 좀 해주세요]

메시지에는 금방 '읽음'이라는 표시가 떴다. 그런데도 두 시간이 다 되도록 답장이 없었다. '시발 뭐 하는 새끼야 이거.' 소은은 상황이 명확하게 보였다. 이건 잠수 타는 거야. 주리의 얼굴이 다른 날보다 푸석해 보였다. 소은이 잠깐 화장실에 다녀왔는데 식탁에 앉은 주리의 얼굴이 벌게져 있었다. 핸드폰 액정을 요리조리 보고 있었다.

"연락 왔어?"

주리는 말없이 핸드폰을 보여줬다.

[경제적으로 도움받고 싶지 않다고 말했었지. 면허 취소됐어. 경찰이 집까지 데려다주고 존나 편하더라. 그래도 누나 보니까 좋았는데 아무래도 아닌 것 같다. 평생 나 저주하면서 살아]

"씨발 이 새끼 병신 새끼 아니냐?"

주리가 말했다. 소은은 마음속으로 손뼉을 쳤다. 기준에게서 세 번째 상처가 났던 날, 모든 마음이 정리되던 게 생각났다. 주리도 드디어 벗어나는구나. 그런데 대일에게 또 연락이 왔다. 소은은 순간 물을 뿜을 뻔했다.

"뭐라고?"
"보고 싶대"
"그래서 넌 뭐라고 했어."
"[잡귀야 물러가라] 라고 보냈어."

소은은 크게 웃었다. 주리가 정말 정신을 차렸구나. 소은은 화면을 보여달라고 했다. 정말로 주리가 [잡귀야 물러가라] 일곱 글자를 보냈다. 소은은 다시 한번 더 웃었다. 소은과 주리는 잠시 아무 말도 하지 않고 서로를 응시했다. 고개를 끄덕였다. 둘은 오랜만에 치킨을 시켜 먹기로 했다. 생각해보면 둘 중 한 명이 무슨 일이 있을 때마다 치킨을 먹었다. 그래서 치킨을 먹으면 묘하게 복잡한 감정이 서리기도 했지만, 치킨이 너무 맛있어서 금방 잊게 됐다.

"대일이랑 헤어질 때, 네가 기준 씨랑 만났던 거

생각나더라"

"나도 너 보면서 그때 생각나더라"

소은은 자신의 오른팔에 있는 흉터를 만졌다. 기준과의 연애를 표상하는 흉터. 소은은 그 흉터를 보며 다시는 그런 연애를 하지 않으리라 다짐했다. 주리가 냉장고에서 캔맥주를 꺼냈다. 치킨이 오기 전에 맥주부터 먼저 마셨다. 어제도 먹은 맥주인데 오늘은 더 시원하고 맛있었다. 소은은 주리에게 고생했다고 말했다. 주리는 웃으면서 "그치 내가 한 거 연애 아니라 고생이지"라고 재치 있게 받아쳤다. 소은은 주리의 초점이 정확해진 게 느껴졌다. 앞으로도 계속 저 초점이 유지되길 바랐다. 초인종이 울렸다. 주리가 현관을 향했다. 주리의 걸음이 가볍다. 따뜻한 치킨과 시원한 맥주가 소은과 주리를 행복하게 해줬다. "이별도 꽤 괜찮은 것 같아." "맞아 그런 것 같아." 소은과 주리가 환하게 웃었다. 어느덧 쿠폰이 8개였다. 두 번만 더 힘든 일이 생기면 치킨 한 마리를 공짜로 먹을 수 있다. 소은은 사이좋게 하나씩 겪으면 되겠다고 생각했다. 다음엔 무슨 일이 생길까. 이별? 사기? 해고? 소은은 여러 가지 불행을 생각했다. 그 속엔 약간의 설렘이 있었다.

첫 번째 인사, 두 번째 학교

– 반복의 존재 #05

엄마가 현관에서 한숨을 내쉬었다. "보경아, 미용실 가서 머리 좀 다듬고, 목욕만 하고 오자, 응?" 보경은 식탁 근처에서 아무 말도 못 하고 고개를 숙이고 있었다. "갔다 오면 기분 좋잖아. 싫어?" 보경의 눈에 눈물이 그렁그렁 고였다. 고개를 겨우 들고 파르르 떨리는 목소리로 보경이 말했다.

"엄마… 안 가면 안 돼?"
"…그래 그러면 쉬자 집에서. 뭐 먹고 싶은 건 없어?"
"아니… 미용실이랑 목욕탕 말고… 학교."

내일, 보경은 학교에 간다. 보경의 두 번째 고등학교. 학교를 이동하는 건 쉽지 않았다. 처음엔 담임 선생님과 상담을 했고, 담임 선생님이 엄마와 상담을 했고, 다시 엄마와 보경이 며칠 동안 이야기를 했다. 그리고 다시 엄마가 선생님과 이야기를 하고, 보경이 다양한 종이에 서명한 다음, 엄마가 챙겨주는 서류들을 챙겨서 교무실에 제출해야 했다. 그 번거로운 절차를 모두 마치고 이제 두 번째 학교에 가는 날인데, 보경은 가기가 싫다고 눈물을 뚝뚝 흘리고 있었다. 엄마도 따라 눈물을 흘렸다. "보경아 힘들지. 그래도 고등학교는… 가야 하지 않을까? 많이 가기 싫어?" 보경은 그렇다고 말하지 못하고 더 많이 울었다. 그렇다고 말하면 엄마가 보경에게 져줄 것 같았는데, 그렇게 하고 싶진 않았다. 엄마가 지는 것 말고 보경이 이겨내서 엄마를 행복하게 해주고 싶었다.

용기를 내서 미용실에 들어갔다. 엄마가 자주 가는 미용실. 미용실 사장님은 짙은 갈색 머리에 오래 전 한듯한 아이라인 문신이 인상적이었다. 미인 타입은 아니었지만, 전체적인 밸런스가 조화로웠다. 무엇보다 다른 미용실 사장님들처럼 과하게 사근사근하지 않은 게 장점이었다. 그래서 언제 가도 대기 손님이 2~3명 정도 있었는데, 오늘은 아무도 없었다. 보경은 편하게 의자에 앉았다. 살짝 눈을 찌르는 앞머리, 신경 쓰지 않고 살아 많아진 숱. 사장님은 보경의 머리를 이리저리 살폈다.

"그냥 조금만 다듬어줘요. 애가 내일 개학이라"
"아 그렇구나. 그럼 내가 이쁘게 해줄게요. 우리
딸이 요즘 한 머리가 이쁘더라고"

  사장님은 샴푸부터 하자고 했다. 부드러운 손길이
보경의 머리를 감쌌다. 보경의 긴장감이 서서히 풀
렸다. 다시 의자에 앉았다. 앞머리가 잘려 나갔다.
살짝만 다듬었을 뿐인데 엄청 가벼워진 느낌이 들
었다. 이후로 여기저기 핀이 꼽히고 사장님께서 머
리를 올렸다 내렸다 하며 가위질을 했다. 소파에 엄
마가 앉아있었다. 엄마는 잡지를 펼쳐만 놨지, 계속
해서 거울 속 보경만 바라보고 있었다. 보경은 계
속해서 누가 오진 않을까 바깥에 신경이 가 있었다.
누군가가 고등학생씩이나 돼서 엄마가 가는 미용실
에 따라와서 머리를 자르고 있다고 비웃을까 봐 두
려웠다. 머리가 많이 잘리는 것 같기도 했고, 잘리기
는 하는 건가 싶기도 했다. 한 40분쯤 지났을까. 사
장님이 드라이어로 말리기 시작했다. 서서히 머리
의 모양이 갖춰졌다. 중간마다 과하지 않은 층이 생
겼고, 덥수룩했던 머리가 가벼워졌다. 보경은 머리
가 마음에 들었다. "아줌마 마음에는 드는데 우리
따님은 어때?" "괜찮아요. 좋아요." 사장님이 보경

의 반응을 확인했다. 마지막으로 제품을 찾아 발라
주려는데, 보경이 다급히 괜찮다고 했다.

"목욕하러 갈 거라서요…"
"얼마나 좋은 학교길래 때 빼고 광내고야?"

사장님이 보경을 귀여워하며 말했다. 보경은 고등
학교를 말했다. "어? 우리 딸 거기 다니는데." 사장
님이 말했다. "만약에 보면 인사해요. 열여덟이라며
그럼 우리 딸이랑 동갑이야. 우리 딸 사진 보여줄
게." 사장님이 핸드폰을 열어 사진을 보여줬다. 부
리부리하게 생겼는데 웃는 모습이 예쁜 얼굴이었
다. 보경은 인사를 할 수 없을 거라는 걸 알았지만
사장님께는 그러겠다고 말했다.

목욕탕에는 아주머니들이 더러 있었다. 오랜만이
어서 조금 어색했다. 엄마의 알몸이 눈에 스칠 때마
다 어색하게 시선을 피했다. 언뜻 봤을 때 엄마는
작년보다 더 마른 것 같았다. 샤워를 마치고 탕에
들어갔다. 엄마는 눈을 감고서 말했다. 보경아 저녁
은 뭐 먹고 싶어. 보경은 냉장고를 생각했다. "제육
볶음" 보경이 말했다.

"냉장고에 있는 거 얘기 안 해도 돼 보경아. 오늘

은 보경이 먹고 싶은 거 먹자"

엄마가 보경을 슬프게 바라봤다. 보경은 머쓱했다.
"그러면 나 떡볶이. 깻잎 많이 넣은 떡볶이." 조금
밝은 톤으로 말했다. 나가서 바나나 우유를 마시며
마트에 갔다. 엄마는 보경과 손을 잡고 집으로 돌아
왔다. TV를 켜고 엄마의 요리를 도왔다. 비록 재료
의 포장을 뜯고, 숟가락을 휘휘 젓는 것뿐이었지만
엄마는 고맙다고 말했다. 식탁에 앉아 떡볶이를 먹
었다. 별다른 대화 없이 TV 소리만 있었다.

"보경아 이번에도… 그런 일이 생기면, 엄마한테
꼭 얘기해줘"

이번에도 그런 일이 생기면. 보경은 자신이 하던
걱정을 엄마가 짚어줘서 안심되기도 했지만, 동시
에 몇 배로 불안해졌다. 그렇다. 또 생길 수 있는 일
이다. 보경은 기술가정 시간을 떠올렸다. 나무로 된
선반을 만들었다. 모두가 똑같은 '나무 선반 만들기'
키트를 가지고 실습을 시작했다. 모두가 같은 재료
로 만들기 시작했지만, 모두가 같은 선반을 만들어
낸 건 아니었다. 누군가는 사포질을 잘못해서 어딘
가 엉성했고, 누군가는 평행이 안 맞았다. 그런 면에
서 보경의 것은 거의 완벽했다. 손으로 무언갈 만드

는 것을 좋아했던 만큼 순탄하게 만들었다. 그리고
사포질을 하다 붙은 나무 먼지를 씻으러 화장실에
다녀왔다. 선반을 봤는데 어딘가 이상했다. 모서리
가 과하게 뭉툭했고, 나사가 엉성하게 조여져 있었
다. 보경은 선반을 공중에 들고 요리조리 살펴봤다.
보경의 선반이 아니었다. '뭐지?' 보경은 주위를 둘
러봤다. 그때 어떤 여자애와 눈이 마주쳤다. 얼굴이
하얗게 뜨고 고데기로 잘 만진 머리를 한 여자애.

"왜 무슨 일 있어?"
"선반이 내게 아니야"
"다 똑같은 거 만들고 있는데 내걸 어떻게 알아?
이름도 안 써 놨잖아"
"…이름이 안 쓰여있다고 내걸 모르진 않아"

보경은 엉성한 선반을 제출했다. 보경의 수행평
가 점수는 10점 만점에 6점의 점수를 받았다. 그 여
자애는 10점이었다. 그날 보경은 오후 수업 내내 엎
드려 있었다. 머리가 너무 아프다고 말하고 조퇴를
했다. 다음 날, 보경의 물건이 하나씩 사라졌다. 시
작은 그랬다. 그러다 사물함에 쓰레기가 생기기 시
작했다. 보경이 가장 수치스러워했던 순간은 급식
실에서 넘어졌을 때였다. 분명 발에 뭐가 걸렸었
다. 툭. 뭔가가 채이고 급식 판은 하늘로 솟고 보경

은 앞으로 넘어졌다. 그때 보경은 들었다. "아 존나 영화 같은 데서만 봤는데 실제로 보니까 존나 웃기다." 그날부터 보경은 급식을 먹지 않았다. 학생 때 가장 하기 힘든 말 중 하나였다. 수학여행에 가고 싶지 않다는 말과 급식을 먹지 않겠다는 말. 그 말들은 설명을 필요로 했고, 설명은 대부분 자신이 혼자라는 사실을 말해야 했다. 사람은 다 혼자 산다고 하지만, 그 나이 때에는 필사적으로 보여주고 싶지 않은 게 당연했다. 보경은 학교라는 곳에서 혼자였다.

"다녀오겠습니다"

엄마는 애써 웃으며 보경에게 새 학교 교복이 잘 어울린다고 했다. 새 학교는 버스를 타고 20분 정도 가야 했다. 전학생이면 인사를 하라고 하겠지. 그럼 난 교탁 앞에서 애들의 시선을 받겠지. 보경은 그 상황을 상상하며 연습했다. 심장이 빨리 뛰었다. 교문을 들어갈 때도 몇몇 아이들이 보경을 힐끔거렸다. 보경은 최대한 정면만 바라봤다. 원래 같으면 긴 앞머리로 자신의 눈을 숨겼을 텐데, 어제 잘라버린 탓에 불가능했다. 엄마가 그 자세를 없애기 위해 미용실에 데려갔던 거구나. 보경은 늦게 깨달았다.

첫 번째 인사, 두 번째 학교

교무실에 들어갔다. 담임 선생님과 간단하게 인사를 나눈 뒤, 함께 교실로 들어갔다. 교실 문이 드르륵 열리고 보경과 같은 옷을 입은 아이들이 빼곡히 앉아있었다. "안녕, 나는 신보경이라고 해." 아이들과 어색하게 첫인사를 나눴다. 아이들은 작게 손뼉을 쳤다. 보경은 중간쯤 되는 자리에 가서 앉았다. 선생님이 나가고 한 여자애가 옆에 와서 섰다. 어디에 사는지, 전에는 어디 학교에 다녔는지 같은 것들을 물어봤다. 보경은 최대한 친절하고 튀지 않게 하나하나 설명했다.

"아… 근데 뭐야, 나 모르겠어?"

보경은 식은땀이 났다. 누구지? 어떻게 모르겠냐는 말을 하지? 보경의 손이 미세하게 떨렸다. 학원에서 만났던 앤가? 뭐지? 아냐 기억 못 할 리가 없는데. 보경은 여자애를 봤다. 어딘가 익숙한 헤어스타일. 어제 사진 속의 그 애였다. 미용실 사장님 딸. 명찰을 보니 이름이 외자였다. 청. 사진과 정말 똑같이 생겼는데 왜 몰랐을까 했더니 헤어스타일이 달랐다. 사진 속에선 단발이었는데, 지금은 날개뼈 정도까지 길어있었다. 청의 친구인듯한 여자애 한 명이 슬며시 옆에 섰다. "너랑 머리가 비슷하다." "우리 엄마가 잘라줬거든." 청의 친구들은 살짝 놀라며

깔깔깔 웃었다. 오래간만에 가까이에서 들은 웃음
소리였다.

"근데, 왜 전학 왔어?"

청의 친구가 물었다. 수없이도 준비했던 말인데,
준비와는 상관이 없었다. 대사와 목소리가 아니라
용기가 필요했다. "그게 있잖아… 개인… 적인… 사
정…" 망했다. 딱 봐도 사정이 복잡해도 너무 복잡
해서 '개인적인 사정'이라고 말하는 게 티가 났다.
그럼에도 청과 친구들은 웃었다. "그렇구나 개인…
적인… 사정… 이구나…"라면서 보경을 따라 했다.
보경도 피식 웃었다. 청의 친구가 다시 자리로 돌아
갔다. 그리고 청이 보경에게 가까이 와서 속삭였다.

"그러니까 당하고 살지 병신아"

보경은 소름이 돋았다. 청은 어떻게 알고 있는 거
지. 미용실 사장님… 사장님이 안 거야. 사장님은 어
떻게 알았을까. 보경의 시선이 불안정해졌다. 여기
서도 반복될까. 청을 쳐다봤다. 청이 씩 웃었다. 저
웃음은 뭘까. 저 아이는 착한 아이가 아닌 걸까. 순
간 보경의 선반을 가져갔던 여자애와 겹쳐 보였다.
사장님은 친절하셨는데. 보경의 심장이 다시 빠르

게 뛰었다. 이윽고 수업 종소리가 울렸다. 낯선 음들
이 보경의 귀에 들렸다. 보경을 제외한 모든 아이에
겐 익숙한 종소리였다.

장마

– 반복의 존재 #06

106일째 비가 내리고 있다. 어떤 날은 부슬비였고, 어떤 날은 폭우였다. 그렇지만 단 하루도 빠짐없이 비가 내리고 있다. 사람들은 이제 지갑, 핸드폰에 이어서 우산을 필수적으로 챙겼다. 더는 예전처럼 어딘가에 우산을 놓고 오는 일은 없는 일이 되어버렸다. 언제나 비가 오고 있으니까. 누구도 우산을 놓고 가지 않았다. 우산의 종류는 다양해졌다. 튼튼한 우산, 아름다운 우산, 노약자가 들 수 있는 가벼운 우산, 방수가 더 잘 되는 우산, 수납이 간편한 우산 등등. 그에 따라 가격대도 다양해졌다.

여름이었지만 덥지 않았다. 그늘을 찾아야 했던 여름은 사라졌다. 모든 곳이 그늘이었으니까. 어쩌다 가끔 낮에만 봄처럼 따뜻했고, 아침저녁으로는 항상 서늘했다. 고로 장갑의 판매율이 높아졌다. 장시간 우산을 들고 있으려니 시려지는 손끝에는 장갑이 필요했다. 그래서 사람들은 우산이 아니라 장갑을 자주 잃어버렸다. 가방이나 주머니에서 장갑을 꺼낼 때나 테이블에서 다른 물건에 밀려 바닥에 떨어지는 일이 잦았다. 장갑은 떨어져도 소리가 나지 않는 게 문제였다. 그래서 카페나 식당에서 나간 사람에게 뒤따라오는 사람이 다급하게 무언가를 전해줄 때면 손에 들린 물건이 장갑인 일이 많아졌다.

어딜 가도 눅눅한 냄새가 났다. 이제는 사람들 모두 그 냄새에 익숙해질 정도였다. 맛집의 평가 기준엔 그 눅눅한 냄새가 나는지 나지 않는지도 포함됐다. 식당과 카페들은 청결하고 향기롭게 하는 데에 많은 투자를 하기 시작했다. 모두 마트에 들르면 모두 습기 제거제 코너를 필수적으로 들렀고, 홈쇼핑 채널에선 늘 건조기를 판매하고 있었다.

문을 닫는 미용실이 많아졌다. 아무리 머리를 세팅하고 나가도 금세 풀리는 머리에 사람들은 지쳐서 더는 머리에 큰 노력을 쏟지 않았다. 악성 곱슬인 사람들은 극심한 스트레스를 겪었다. 애먼 머리에 계속 빗질을 해 머리가 많이 빠지기 시작했다는 글이 각종 커뮤니티에 많이 올라왔다. 탈모에 대한 제품이나 약, 습관들에 대한 정보 또한 많이 올라왔다.

뉴스의 오프닝은 늘 어제의 숫자보다 하나 더 큰 숫자를 붙여 "-일째 장마가 계속되고 있습니다"라는 걸로 시작했다. 사람들은 아무렇지도 않게 밥을 먹으며 뉴스를 봤다. 지긋지긋하다고 하는 말도 사라졌다. 가끔 어른들이 '세상이 미쳐 돌아간다'라는 말을 하는 정도였다. 사람들은 화창한 날씨를 가지고 있는 해외로 여행이라도 가고 싶었지만, 예측 불가능한 기후로 비행기 이륙이 쉽지 않았다. 사고는 아니었지만, 롤러코스터 같은 비행으로 비행 공포증이 생겼다는 기사 때문에 사람들은 여행을 가지 않게 됐다. 비행기가 하늘을 날기 때문이라면, 기차나 자동차로 여행을 갈 수도 있겠지만 어딜 가도 비가 오니 굳이 짐을 싸서 어딘가로 이동하는 일은 없었다. 바다를 볼 수 있는 것도 아니니까. 아무도 수영복을 사지 않았다. 실내 수영장으로 운동을 갈 수 있었지만, 모두가 물에 질려있었다. 물만 보면 답답한 마음이 드는데, 그 물로 뛰어든다는 건 어딘가 싸이코 같은 느낌이었다.

한창 폭우의 형태로만 지속됐을 때 산사태도 빈번하게 일어났다. 많은 가정집과 상가들이 피해를 보았고, 인명 피해도 있었다. 보름 동안 80명이 사망

했다. '우리 애가 저기…', '엄마가 저를 안고 있다
가…', '아빠가 잠깐 확인한다고 나갔는데…'라는 식
의 말들이 전파를 타고 흘렀다. 개천의 징검다리들
은 모두 수면 아래로 잠겨있었다. 사람들은 좁은 우
회로로 우산을 부딪치며 돌아가야 했다. 그러다 보
면 미끄럼 사고도 자주 일어났다. 빠른 걸음으로 경
사진 길을 내려가다 미끄러지거나, 바닥에 떨어진
나뭇잎을 밟고 비틀어진 발걸음에 중심을 잃어 넘
어지거나. 뉴스에 나오는 시민들은 늘 울고 있었다.

　사랑을 눈으로 볼 수 있었다. 한 우산을 같이 쓰고
가면 100%의 확률로 감정이 있는 관계였다. 사람들
은 상대방이 마음에 들면 '우산을 놓고 왔다'는 귀
여운 거짓말을 하곤 했고, 상대방도 마음에 들면 그
거짓말을 모르는 척해 주는 식이었다. 사랑하는 사
이인 사람들이 쉽게 눈에 보였다. 그에 따라 바람
이나 불륜도 들키기 마련이었다. '요즘 누가 우산을
안 들고 다녀. 근데 한 우산을 같이 쓰고 있더라니
까?'라는 말을 목격자가 하면, 듣는 사람들은 '맞아
우산을 왜 같이 써'라고 하며 가정 지어지는 식이었
다. 그리고 그 가정은 거의 정확했다. 많은 사람이
우산을 같이 써서 만나고, 우산을 같이 써서 헤어졌
다.

끝날 줄 모르는 장마에 시달리며 사람들은 원인을 찾아내고 싶어 했다. 쓰레기를 줄이기 위해 일회용 잔도 법으로 금지되고 비닐과 빨대 사용도 세계적으로 줄여감에도 불구하고 왜 이런 일들이 지속해서 발생하는지 사람들은 의문이었다. 스트리밍 서비스에는 예전에 만들어진 기후 관련 다큐멘터리들이 다시 업데이트됐고, 사람들은 한 장면 한 장면을 긴장감을 가지고 봤다. 모두 그 다큐멘터리가 만들어진 연도를 보고 '이때부터 우린 미쳐가고 있었구나'라는 걸 깨달았다. 편리함 속에서 사람들은 많은 걸 잊고 살았다. 모든 걸 편하게 가졌고, 편하게 없앴다. 아이들은 하늘을 회색과 검은색으로 색칠했다. 그림은 커뮤니티에 '요즘 애들이 그린 그림.jpg' 따위의 제목으로 올라왔고 댓글엔 이런 세상을 물려줘서 미안하다는 댓글뿐이었다.

모두 2020년을 그리워했다. 장마가 54일로 그쳤던 그해가 모두의 마음속에 행복으로 새겨져 있었다.

장마

작가의 말